Toni Lauerer

Scho wieder Weihnachten?
Neue Geschichten zum Fest

Toni Lauerer

Scho wieder Weihnachten?

Neue Geschichten zum Fest

MZ BUCHVERLAG

1. Auflage 2016
2. unveränderte Auflage 2017
ISBN 978-3-86646-344-8
Alle Rechte vorbehalten!
© 2016 MZ-Buchverlag in der
Battenberg Gietl Verlag GmbH, Regenstauf
www.gietl-verlag.de
Umschlagfotos: privat

Inhalt

Winterliches Vorwort	7
Der Dessouskauf	13
Die Verwechslung	20
Der Winter, das unbekannte Wesen	34
Weihnachtliches Rendezvous	37
Die Weihnachtskarten	44
Festmahl für Tante Resi	50
Lyrischer Apfent	59
Der Christkindlmarkt	62
Weihnachtliches Missverständnis	72
Armer Advent	75
Alternativkönige	80
Zwerg Oma	80
Männer ohne Chance	80
Winterwunderland	81
Jahresbilanz	82
König Seppl	82
Katzenknödel	83
Weihnachtspanik	83
Weihnachtsvorlieben	84
Weihnachtsmenü	84
Die heiligen drei Könige	85
Rauchen ist ungesund	93
Frag nicht so blöd!	98
Christbaumschmücken	108
Tante Frieda wünscht frohe Weihnachten	114
Weihnachtsessen	121
Opas Geschenk	133
Vorurteil am Kinderskilift	138
Winterliche Schmerztherapie	139
Weihnachtsbäckerei	140
Der Geschenkkorb	145
Winter früher und heute	149

Winterliches Vorwort

Liebe Leserinnen und Leser, liebe Kinder,
liebe kindisch gebliebene Erwachsene,

wenn es schon keine „gscheidn" Winter mehr gibt, weil die globale Erwärmung die Polarluft in die Region verdrängt, von der sie ihren Namen hat, dann muss es wenigstens gscheide Wintergeschichten geben!
Und wenn die Weihnachtszeit angeblich die Zeit ist, wo die Menschen am gereiztesten und grantigsten sind, dann muss man dafür sorgen, dass sie etwas zu lachen haben!

Genau das habe ich mir gedacht und mich ans Werk gemacht.
Herausgekommen ist dieses Buch. Ein Buch mit vielen kurzen und längeren Geschichten und Gesprächen von und über Nikoläuse, über das Christkindl, über die Heiligen drei Könige, über den Geschenkekauf, über winterliche Lausbuben und über vieles und viele mehr.

Wenn Sie etwas Besinnliches in diesem Buch suchen, dann wird's schwierig, denn über die Besinnlichkeit können andere besser schreiben als ich, drum lasse ich lieber die Finger davon!
Ich habe mich eher dem Humor verschrieben, der fast überall im Alltag, auch im stressigen Vorweihnachtsalltag, lauert, den man aber nicht immer auf den ersten Blick erkennt.
Ich hoffe sehr, ich habe ihn erkannt und in diesem Buch so formuliert, dass auch Sie Ihre Freude daran haben.
Lehnen Sie sich zurück und tauchen Sie mit mir ein in die Zeit, wo draußen die Flocken tanzen und drinnen die Luft nach Plätzchen duftet, wo sowohl die braven Kinder als auch die Hundskrippln gespannt auf den Nikolaus warten und wo verzweifelte Ehemänner auf der oft vergeblichen Suche nach einem passenden Geschenk sind!

Ich wünsche Ihnen, dass Sie viel Spaß und Freude an meinem neuen Weihnachtsbuch haben und grüße Sie und Euch alle ganz herzlich!

Eine schöne Winterzeit und stets frohes Fest wünscht von ganzem Herzen

Ihr und Euer

Toni Lauerer

Geschenke erfreuen das Herz, gelegentlich auch den Magen. Und wenn die Geschenke von weit her kommen, von ganz weit her, nämlich aus dem fernen Amerika, dann bergen sie immer eine gewisse Spannung und Vorfreude. Denn was aus Amerika kommt, muss ja etwas Tolles sein – man denke nur an Kaugummi, Cola Light oder Fastfood. Im folgenden Fall ist es etwas Spannendes, was von der lieben Tante Frieda zu Weihnachten aus den Vereinigten Staaten der Familie in der alten bayerischen Heimat postalisch zugestellt wurde. Zunächst wurde ein banales Lebensmittel vermutet, doch es war etwas viel Wertvolleres, eigentlich etwas Unbezahlbares! Doch lesen Sie selbst:

„In dieser schönen grünen Flasche
schick ich euch Tante Frieda's Asche!
Es war schon immer ihr Bestreben
– sollte sie mal nicht mehr leben –
dass sie dann gebettet werde
in die geliebte Heimaterde.
Nun, mit dreiundneunzig Jahren
ist die Tante sanft entfahren,
die gute Seele Ruhe fand,
den Körper, den hat man verbrannt.
Jaja, die Tante war die Beste,
nun schicke ich euch ihre Reste
aus dem warmen Florida
Ocean Drive, Appartement 7a.

Sparsam war sie, unsere Tante,
das wusste jeder, der sie kannte.
Drum hat sie mit Bedacht verfügt,
dass man sie nicht als Urne schickt,
weil man viele Dollar spart,
wenn man als Postzustellungsart,
den Weg über die Flasche wählt,
das kostet deutlich weniger Geld.
Zur US-Post sprach ich voller List,
dass in der Flasche Mehl drin ist!
Die haben es mir sofort geglaubt,
denn der Inhalt hat gestaubt!

So bitt' ich euch in Tante's Sinn:
Nehmt die Flasche, wo sie drin,
bestattet sie im Heimatort
und sprecht ein mildes Abschiedswort!
Es grüßt und mag euch gerne
Cousin Charly in der Ferne!"

So stünde es im Brief zu lesen,
wär der Brief dabeigewesen!
Doch die Info für die Anverwandten,
kam schon vor dem Versand abhanden.
Cousin Charly nämlich, der Kretin,
hat dauernd Baseball nur im Sinn,
geht deshalb zu jedem Spiel,
Baseball wird ihm nie zu viel!
Und just, als er ins Postamt rannte,
hat er sich an der Bordsteinkante
eingehakt und ist geflogen
auf den Kopf in hohem Bogen!
Dies alles wäre nie passiert,
hätte es ihm nicht pressiert,
doch er musst ja laufen statt zu gehen,
um ein Baseballspiel zu sehen,
welches kurz darauf beginnen sollte
und das er nicht versäumen wollte!

Und wie es halt bei Stürzen ist:
Es geschieht, dass man vergisst,
was vorher noch so wichtig war,
weil das Hirn ist nicht mehr klar,
wenn man auf den Gehsteig schnellte
und sich leicht den Schädel prellte!
Langer Rede kurzer Sinn:
Im Packerl war kein Brief nicht drin,
weil Charly, aufgeschürft am linken Ohr,
den Brief hinfällig verlor,
und dies, im Hinblick auf das Baseballspiel
ihm weiter nicht einmal auffiel.

Er ging zur Post, zahlte die Gebühr,
dann ab zum Baseballspiel um vier!
So kam es, dass das Paket auslief
mit (Fl)Asche, aber ohne Brief!

So hat nun die morbide Fracht
ein Mann von UPS gebracht
die Familie rief „Hurra, hurra,
ein Packerl aus Amerika!"
Es war, da gab es keine Frage,
etwas für die Weihnachtstage,
das Tante Frieda hat geschenkt,
„weil sie doch immer an uns denkt!"
Man öffnete es gleich – zu viert –
und hat den Inhalt inspiziert.
Man roch, man fühlte und kam überein,
in der Flasche kann nur Mehl drin sein,
einhellig lautete der Befund:
Vollkornmehl – das ist gesund!
Man erkannte dies in diesem Fall,
weil es war dunkler als normal!
Nichte Ursel hat gesagt,
dass sie daraus was Feines backt,
ihre zwei Kinder und der Mann,
waren davon sehr angetan,
denn einen amerikanischen Weihnachtskuchen
muss man bei uns in Deutschland suchen!

Tags darauf, es schneite sehr,
kaufte man das Zubehör:
Vanille-Essenz und Mandelsplitter,
zum Bestreuen süßen Glitter
Orangeat und Zitronat,
weil das jeder Weihnachtskuchen hat.
Zur Krönung hat man hineingetan,
einen Batzen Marzipan!
Zimt, Rosinen, Zuckerguss
sind ja ohnehin ein Muss!

Mit Eiern und mit viel Bedacht,
hat Ursel dann den Teig gemacht,
Ihre Kinder, die zwei Recken,
durften etwas davon schlecken,
und sie schwärmten ganz verzückt:
„Gut, dass die Tante uns das Mehl geschickt!"

Das Werk gelang, die süße Pracht
war fertig und wurde über Nacht,
in die Speis gestellt, weil Ursel wollte,
dass der Kuchen kühlen sollte.
Ihr Mann, der Peter, wie er halt so ist,
und sich bei Süßem oft vergisst,
hat sich nicht einmal geniert
und früh um sieben schon probiert!
Wobei er beim Frühstück nicht verhehlte,
dass an ihm es lag, dass etwas fehlte!
Und er sprach zu seiner Frau:
„Schatz, der Kuchen – eine Schau!
Ich sage dir, bei meiner Seel':
Das ist das gute Vollkornmehl!
Der Herrgott möge der Tante geben
ein gesundes, langes Leben!"
Ihm war allerdings nicht klar,
dass die Tante schon beim Herrgott **war**!
Man war im ganzen Familienkreise
hellauf begeistert von der Speise,
die kleine Jennifer war so vermessen
und hat gleich drei Stück gegessen,
während ihr Bruder, der Gottfried hieß,
es bei zweieinhalb beließ.
Der Kuchen, er war ohne Frage,
das Highlight dieser Weihnachtstage
und man hörte Ursel sagen:
„Sowohl fürs Auge als für den Magen,
war das Backwerk nicht nur Nahrung,
sondern direkt eine Offenbarung!

So einen machma nächsts Jahr wieda,
mit dem Mehl von Tante Frieda!
Wird's uns schon wieder eines schicken!",
so sprach Ursel voll Entzücken.

Mehl kam nimmer, so viel ist klar,
weil es ja gar kein Mehl nicht war,
stattdessen kam ein netter
Brief, auf englisch Letter,
in dem Cousin Charly, dieser Narr,
fragte, ob die Beisetzung schon war,
von Tante Friedas seliger Asche
in der schönen grünen Flasche.
Der Schock war groß, man hat erbrochen
und dachte an verbrannte Knochen,
Ursel war so voller Graus
und ging Tage nicht aus dem Haus.
Peter, ihr verfressener Ehemann,
gurgelte mit Sagrotan,
den Kindern hat man es verschwiegen,
dass sie kein Kuchentrauma kriegen.
Nach einigen harten Tagen,
wollte es die Ursel wagen,
hat sich, nur noch leicht entsetzt,
an Peters Schreibtisch hingesetzt
und kurz vor der Silvesternacht
ein Antwortschreiben sich erdacht.
Grübelnd saß sie da und schrieb,
während sie sich den Magen rieb:
„Oh Charly, sei getrost und heiter,
die Tante, sie lebt in uns weiter!
Wir waren allesamt am plärrn,
wir hatten sie zum Fressen gern!
Das Leben ist ein großes Spiel,
der Tante wurde es zu viel.
Nun ist sie ausgeschieden,
sie möge ruhn in Frieden!"

Es ist ja alle Jahre an Weihnachten dieselbe Frage – nein, nicht, ob es schneit oder nicht, sondern: Was schenke ich meiner Frau? Mit Fug und Recht gehen die Gattinnen, Freundinnen oder sonstige charmante Begleiterinnen davon aus, dass man sich beim Geschenkekauf für sie Mühe gibt, wenn sie uns schon das ganze Jahr über das Leben dermaßen verschönern. Meistens jedenfalls tun sie das – oder oft – manchmal auf jeden Fall! Man sollte aber bei der Auswahl des Geschenkes schon ein Mindestmaß an Vernunft walten lassen, denn nicht immer passt für jede alles. Die TV-Medien, vor allem die Privatsender, die nur drei Buchstaben im Namen führen, empfehlen manchmal Dinge, von denen sollte man in manchen Beziehungen lieber die Finger lassen. Denn tut man das nicht und meint, man müsse jedem Trend, der uns eingeredet wird, nachlaufen, dann kann er schon peinlich werden,

Der Dessouskauf

Verkäuferin:	*Grell geschminkt und zuckersüß:* Ja hallo der Herr!
Kunde:	Grias God!
Verkäuferin:	Sie wünschen?
Kunde:	*Verlegen:* Ja, weil doch in 14 Dog Weihnachten is …
Verkäuferin:	Sie suchen ein Geschenk?
Kunde:	Ja genau!
Verkäufern:	Für wen?
Kunde:	Für sie waar's.
Verkäuferin:	Für die Gattin?
Kunde:	Ja genau!
Verkäuferin:	Und an was hätten Sie da gedacht?
Kunde:	Sie hod ja eh scho alls! Des is ja des! Alls hod de! Eigentlich brauchts nix! Owa wissens ja, wias san, de Weiber, sans ja selber oans! Nix für ungut!
Verkäuferin:	Ach ja, aber wissen Sie: Einer Frau kann man immer noch eine kleine Freude machen! Wir Frauen freuen uns auch über Kleinigkeiten, wenn sie von Herzen kommen!
Kunde:	Ah geh?
Verkäuferin:	Aber sicher doch! In welche Richtung soll denn das Geschenk gehen?

Kunde:	Äh …, ja …, weils doch am Fernseh gsagt hamm, aso a Unterwäsch is modern. Also ned de Gsundheitswäsch – de ander!
Verkäuferin:	Dessous?
Kunde:	Wer?
Verkäuferin:	Erotische Unterwäsche für Frauen! Die nennt man Dessous!
Kunde:	Ja genau! Aso hamms ghoassn im Fernseh!
Verkäuferin:	Ja, und an was hätten Sie da speziell gedacht?
Kunde:	Ja mei, a Unterhosn halt und obn ume an BH – wosma halt aso hod als Wei.
Verkäuferin:	Ein Slip und ein BH? Da haben wir eine reiche Auswahl. Aber es gäbe natürlich auch neckische Hemdchen!
Kunde:	A Nachthemad moanans?
Verkäuferin:	Naja, Nachthemd würde ich das nicht nennen, das klingt so, so grob, so unerotisch. Nein, was ich meine, das wären so kurze Hemdchen bis knapp unter den Popo, leicht transparent, vielleicht mit Pelz besetzt.
Kunde:	Mit Pelz? Des waar ned schlecht, weil sie friert allaweil recht! Sie, i sag Eahna oans: De hod den ganzen Winter im Bett d'Strimpf an! Obwohl de Erderwärmung is, de globale! I lieg danebn und schwitz wie ein Ochs und sie hod de wollern Strimpf an! I versteh des ned. Gestern sagts, i soll ihr d'Zeha massiern, weils eiskalt san. Also bei aller Liebe: Es gibt Grenzen! Aa in der Erotik! Und bei kalte Zeha is aso a Grenz erreicht! Einen kalten Zeha lang ich ned an!
Verkäuferin:	Jaja, wir Frauen sind kälteempfindlicher! Aber so war das mit dem Pelz nicht gemeint. Der soll das Ganze eher optisch erregender gestalten und nicht wärmen!
Kunde:	Achso, wega da Erregung waar des! Jamei, wenn sie des erregt – mir solls recht sei!
Verkäuferin:	Nein, nicht die Gattin, Sie soll es erregen!
Kunde:	Mi? Ja verreck! Wia daad dann des ausschaun, des Hemdchen?
Verkäuferin:	Ich würde sagen, ich zeige Ihnen mal eines.
Kunde:	Ja genau!

Die Verkäuferin holt ein Hemdchen, in der Zwischenzeit steht der Kunde sehr verlegen da und vermeidet jeglichen Blickkontakt mit den anderen zumeist weiblichen Kunden, um nicht als Weichei zu gelten oder gar erkannt zu werden.

Verkäuferin:	*Legt ein ziemlich transparentes, zart apfelgrünes Hemdchen mit weißem Pelzbesatz auf die Ladentheke.* So etwas zum Beispiel?
Kunde:	*Nach sehr kurzem Mustern und Befühlen des Hemdchens:* Des passt ihr nie! Nie und nimmer! Da fehlts um a Hauseck!
Verkäuferin:	*Leicht peinlich berührt:* Achso, ist die Gattin eher kräftig gebaut?
Kunde:	Ja genau! Fast scho in Richtung sehr kräftig. Also ned dass Sie moana, direkt wampert, owa scho massiv mit Tendenz zu korpulent! Also des Hemdchen do, in des kaams ned eine. Und wenns drin waar, daads koa Luft ned kriagn! Des waar nix: S Hemdchen grün, da Pelz weiß und da Kopf rout wega Sauerstoffmangel, des waar nix, vo da Optik her. De daad ausschaun wia de italienische Flagge!
Verkäuferin:	Nun ja, wenn Sie meinen. Wir haben natürlich auch Hemdchen in größeren Größen da, aber ich schlage mal vor, dass wir zunächst ein zweiteiliges Set nehmen – Höschen und Oberteil!
Kunde:	Koan BH ned?
Verkäuferin:	Dochdoch, das wäre ja das Oberteil!
Kunde:	Ja genau!
Verkäuferin:	Welche Körbchengröße hat die Frau?
Kunde:	Is des wichtig?
Verkäuferin:	Ja natürlich, die Körbchengröße ist sehr wichtig!
Kunde:	Komisch. Ja guat, wenn Sie des sagen. Also wenns eikafft, dann hods immer a Körbchen in dera Läng *deutet ca. einen guten halben Meter mit den Händen an* dabei. Des is owa scho mehr a Korb. Körbchen konnma do nimmer sagen!
Verkäuferin:	*Lacht.* Sehr nett! Nein, ich meinte die Körbchengröße der Brust ihrer Gattin!

Kunde:	Vo da Brust? Des san aa mehr Körbe als Körbchen! In etwa aso. *Deutet mit den Händen die Größe eines mittelgroßen Weißkrautkopfes an, mustert dann die Brust der Verkäuferin.* Also doppelt so viel wie Sie, locker! Guat doppelt, weil Sie san ja wirklich ziemlich schwach aaf da Brust!
Verkäuferin:	Aha! Naja ..., das wäre dann für die Brust so in etwa 90 D.
Kunde:	Für de ander aa! De san gleich groß! Also am ersten Blick – nachgmessn habes no ned.
Verkäuferin:	Schon klar! Moment, ich hole mal ein Oberteil in dieser Größe.

Die Verkäuferin verlässt den Kunden abermals, um einen adäquaten BH zu holen. Zwischenzeitlich stehen hinter dem Kunden bereits zwei weibliche Kundinnen, die ebenfalls den fachmännischen bzw. -frauischen Rat der Verkäuferin suchen. Entschuldigend spricht sie der Kunde an.

Kunde:	*Deutet auf die im Sortiment suchende Verkäuferin.* Sie holt bloß a Oberteil!
Kundin:	Ach ja!
Kunde:	Ja genau! 90 D!
Kundin:	90 D?
Kunde:	Ja genau! Is owa ned für mi, is für mei Frau!
Kundin:	*Lacht.* Ach was? Hätte ich nicht gedacht!
Kunde:	*Hat den Gag nicht verstanden.* Naa, ehrlich! Sie is a weng kräftiger gebaut, wissens! Wia Sie in etwa! Owa ned so kloa, sie is größer! Gottseidank! Weil wennma so kloa is wia Sie und dann no korpulent, des is unvorteilhaft. I beneid Sie ned um Eahna Figur!
Kundin:	*Lacht nicht mehr.* Ach was! *Beendet die Unterhaltung.*

In der Zwischenzeit ist die Verkäuferin mit einem transparenten roten BH zurückgekommen und legt ihn auf die Ladentheke.

Verkäuferin:	Und? Was sagen Sie?
Kunde:	*Mustert den BH skeptisch.* Der is ja durchsichtig!
Verkäuferin:	*Stolz:* Ja natürlich! Das ist ja die erotische Note!

Kunde:	Ja, owa do segtma ja dann den ganzn Busen, wennma hischaut!
Verkäuferin:	Ganz so ist es nicht! Ich würde sagen: Man erahnt den Busen! Der BH lässt immer noch Spielraum für die Phantasie. Denn das ist ja das Prickelnde: Man stellt sich vor, wie der Busen aussehen könnte, aber man weiß es nicht!
Kunde:	I brauch mir do nix vorstelln, weil i kenn ja den Busen vo meiner Frau persönlich, alle zwoa, scho seit Jahren! Sie hammse zwar verändert vo da Schwerkraft her, es geht bergab, owa i kenns scho no.
Verkäuferin:	*Etwas hilflos:* Äh ..., ja, das ist schon klar! Aber trotzdem: Es wirkt sehr anregend, wenn das Wesentliche verborgen bleibt. So entsteht zwischen den Partnern eine erotische Spannung!
Kunde:	*Nimmt den BH zur Hand, hält ihn gegen das Licht und mustert ihn nochmals eingehend.* Sans mir ned bös, owa i glaub, dass i do lacha muass, wenn d'Erna den anhat! Wer woass, lacht ned sie aa! Des wird eher a Gaudi, koa Spannung!
Verkäuferin:	Ist ja auch nicht verkehrt, oder? Denn es kann auch erotisch sein, wenn man Spaß zusammen hat! Der Spaßfaktor ist das Wichtigste bei der Erotik!
Kunde:	Do hamms aa wieder recht! Amal hamma uns miteinander am Fernseh an so an Sexfilm ogschaut! Sie, mir hätten bald in d'Hosn bieslt vor lauter Lacha! *Lacht schon allein wegen des Gedankens an den Film!* Wahnsinn war des!
Verkäuferin:	Das freut mich!
Kunde:	Des war aso: Do is a Sennerin aaf da Alm gwesn und de is zufällig dodal nackert aaf da Wies glegn! Kimmt da Jäger daher, zufällig ohne Hosn und Unterhosn, weil es war bluadig hoass. Und bisma gschaut hod, hod der de Sennerin nach Strich und Faden ...
Verkäuferin:	*Peinlich berührt:* Schon gut, das brauche ich jetzt wirklich nicht zu wissen! Freut mich, wenn Sie und Ihre Gattin Ihren Spaß daran hatten.

Kunde:	*Immer noch lachend und amüsiert den Kopf schüttelnd:* Mei, hamm mir glacht! Und dann kimmt aa no da Veit daher, des war da Postbot, ebenfalls ohne Hosn, woass da Deifl, warum, weil a Postbot ohne Hosn is eigentlich ned korrekt, und dann, dann is richtig rund ganga! Da Jäger hod sein ...
Verkäuferin:	*Unterbricht ihn:* Jaja, sehr schön! Aber kommen wir zurück zum BH! Dann wäre Ihnen also dieser hier zu transparent!
Kunde:	Und zu durchsichtig aa! Naa, des waar zu übertriem! Farbig derf er scho sei, owa ned durchsichtig! Und a Hoserl braucherts dann aa no, gell! *Dreht sich um und spricht die Kundin hinter ihm an.* Ohne Hoserl is des nix, gell? *Lacht.* Ohne Hos' nix los, hoassts! Naa, im Ernst: Sie, wos daadn jetza Sie sagen? *Deutet auf den transparenten BH.* Daadn Sie sowos Durchsichtigs oziagn? Ned, oder? Des is doch nix! Jetza amal ganz ehrlich.
Kundin:	*Kokett:* Wieso nicht? Wenn es meinem Partner gefallen würde, dann würde ich durchaus so was anziehen! Man möchte sich ja schön machen als Frau!
Kunde:	Ja scho, owa is des schön, wennma alles segt?
Kundin:	Alles sieht man ja nicht! Die entscheidenden Punkte sind zart verhüllt!
Kunde:	*Unsicher:* Hm ..., moanans? I woass ned, i woass ned ..., Sie, daadn ebba Sie den BH kurz oziagn, dass i mir a Bild macha konn? Dann seg i ja, obma zviel segt!
Kundin:	*Empört:* Sind Sie verrückt? Ich zieh doch nicht hier vor allen Leuten einen transparenten BH an!
Kunde:	*Beschwichtigend:* Naa, Sie hamm mi falsch verstanden! Sie brauchen doch den BH ned vor alle Leit oziagn! Sie können in d'Umkleidekabine geh, und wenns den BH anhamm, dann schreins mir und dann kimm i eine zum schaun! Des braucht außer uns zwoa koaner seng, des is doch klar!
Kundin:	*Außer sich:* Lassen Sie mich gefälligst in Ruhe! Also, das ist ..., das ist doch die Höhe! Sind Sie pervers oder was? Sich an meinem halbnackten Busen ergötzen, das hätten Sie wohl gern!

Kunde:	*Trotzig:* Also ergötzen wenn i mi wollt, dann daad i gwiss ned Sie hernehma, sondern oane, de 20 Jahr jünger und 20 Kilo leichter is, des sog Eahna scho! Owa Sie hamm halt in etwa de kompakte Figur vo meiner Frau. Do konn i aa nix dafür! Wenns schlank waarn, hätt i Sie gar ned gfragt!
Kundin:	Kompakt! Nicht zu fassen! Ich und kompakt! *Zur Verkäuferin:* Eine Unverschämtheit ist das! Muss man sich hier so demütigen lassen?
Verkäuferin:	*Zum Kunden:* Ich glaube, es wäre wirklich besser, wenn Sie sich selbst in Ruhe umsehen würden, dann könnte ich einstweilen die Dame beraten.
Kunde:	Wissens wos? Des is eh nix für mei Erna, weil do is sie zu gschaamig! I schenk ihr liawa wieder an Gutschein für a Wellnesswochenende, des mogs recht!
Kundin:	*Hochnäsig:* Wellnesswochenende! Gutschein! Typisch! Männer wie Sie haben keine Phantasie, was Geschenke für Frauen betrifft, das ist mir klar!
Kunde:	Soll Eahna aa an Gutschein besorgen für a Wellnesswochenende?
Kundin:	Was? Sind Sie verrückt? Ich lasse mir doch von Ihnen kein Wellnesswochenende zu Weihnachten schenken!
Kunde:	Es waar ja ned für Sie, sondern für Ihren Mo! Weil wer mit Eahna verheirat is, der braucht bestimmt dringend a Erholung! *Geht rasch.*

Früher waren Nikolaus und Knecht Ruprecht zumeist irgendwelche Nachbarn oder mehr oder weniger nahe Verwandte, die am Abend des 5. Dezember uns Kinder heimsuchten, uns das Fürchten und das Beten lehrten, aber dann doch etliche Leckereien da ließen, um unsere zarte Kinderseele nicht dauerhaft zu beschädigen. Haben sie in meinem Fall auch nicht. Allerdings haben sie durch die Leckereien meinen Körper beschädigt und seit ich vier bin, kämpfe ich gegen mein Übergewicht – mit mäßigem Erfolg, da ich mir inzwischen die Leckereien selber kaufen kann und nicht mehr auf das Wohlwollen des Nikolauses angewiesen bin.

Heutzutage findet man kaum mehr Freiwillige, die in diese schweißtreibende Rolle schlüpfen. Und so kommt es, wie es immer kommt: Geschäftstüchtige Zeitgenossen wittern eine Verdienstmöglichkeit und gründen einen Nikolausservice! Dieser schickt auf Bestellung und gegen Bezahlung je nach Wunsch den Nikolaus allein oder in Begleitung eines groben Knechtes in die Haushalte, um die Tradition zu wahren und den Kindern Lob und Tadel – je nachdem – zukommen zu lassen. Da diese Profinikoläuse die Kinder logischerweise nicht persönlich kennen, sind sie auf die Hilfe der Eltern angewiesen, um die richtigen Worte zu finden. Diese Hilfe besteht dann in einem Zettel, auf dem die Verdienste und auch die Verfehlungen des Sprösslings handschriftlich notiert sind und auf dem oft noch allgemeine Tipps zu finden sind; beispielsweise in der Hinsicht, wie das Kind besaitet ist: Eher zurückhaltend-zart oder büffelhaft-brutal.

So nützlich diese Tipps für Nikolaus und Knecht Ruprecht sind, so fatal können sie sein, wenn die Zettel verwechselt werden. Wie im folgenden Fall: Die feinen Eltern des klugen Wilfried haben auf dem Spickzettel für das Nikolausgespann vermerkt, dass ihr geliebter Erstklässler aus der Schule nur Einser heimbringt, dass er fleißig Klavier übt, dass er künstlerisch ohnehin begabt ist und unheimlich gerne zeichnet. Und, was sehr wichtig ist im Umgang mit ihm: Er hat ein sehr zartes Gemüt, man sollte ihm demzufolge mit Güte und milden Worten begegnen.

Das krasse Gegenteil ist der grobschlächtige, übergewichtige und unsensible Richard, genannt Rietsche! Wie sein Gegenteil Wilfried ebenfalls sieben Jahre alt, ist er für seine Lehrer sowohl vom Benehmen als auch vom Wissen her eine zu große Herausforderung, sie kriegen ihn nicht in den Griff! Wäre man gemein, müsste man sagen: Zwar frech, aber blöd! Auch in der Freizeit verhält er sich nicht vorbildlich: Im Sommer isst er gerne lebendige Kaulquappen und reißt unschuldigen Hühnern Federn aus, im Winter steckt er Schulkameraden insgeheim Schneebälle in die Hosentasche und bezichtigt

sie nach dem Schmelzen der Inkontinenz – die Schulkameraden, nicht die Schneebälle! Auch Rietsches Eltern haben einen mit haarsträubenden Rechtschreibfehlern garnierten Zettel für den Nikolaus geschrieben und ausdrücklich darum gebeten, ihren missratenen Dickwanst knüppelhart anzufassen und keinesfalls zu schonen, auch wenn er jammern sollte!
Und nun kam es, wie es nicht kommen sollte, aber kommen musste: Ein Nikolaus-Ruprecht-Gespann kam mit dem Strafzettel vom Rietsche zum zarten Wilfried, das andere suchte mit Wilfrieds Lobzettel den unmöglichen Rietsche heim.
Es läutet an der Haustüre des imposanten Elternhauses von Wilfried und schon beginnt sie,

Die Verwechslung

Mutter: *Ahnungsvoll:* Oh! Wer wird das wohl sein? Vati, was meinst du?
Vater: Das wird wohl der heilige Nikolaus sein! Der kommt doch zu allen braven Kindern! Und du warst doch immer brav und fleißig, gell Wilfried?
Wilfried: Ich denke schon, Vati! Ich habe mich immer bemüht, oder?
Mutter: *Streicht Wilfried zärtlich über das perfekt gekämmte Haar.* Das stimmt, mein lieber Sohn, das stimmt! *Voller Vorfreude:* Na, dann wollen wir ihn mal hereinlassen, den Nikolaus und seinen Knecht! Ich mach die Türe auf! *Geht zur Haustüre, Vati und Wilfried warten gespannt auf den Auftritt des vermeintlich gütigen Nikolauses.*
Vater: Gleich wird er da sein! Na, da bin ich gespannt, was er dir mitbringt! Ein neues Liederheft fürs Klavier vielleicht?
Wilfried: Oh, das wäre schön, Vati! Ich übe doch so gerne! Vielleicht etwas von Chopin?
Vater: *Geheimnisvoll grinsend:* Wer weiß, wer weiß!
Mutter: *Öffnet die Haustüre und will etwas sagen.* Ja Grüß Gott, Herr …

Ruprecht:	*Räumt sie augenzwinkernd beiseite, stürmt mit dem Nikolaus ins Wohnzimmer und schreit, die Rute schwingend:* Wou isa denn, da Hundskrippl?
Vater:	*Völlig konsterniert:* Waaas? Wie bitte? Wer? Melitta!
Wilfried:	*Panisch, kreidebleich:* Vati, Vati! Wen sucht denn der? *Klammert sich affenartig an den Vater.*
Vater:	*Zu Ruprecht:* Sind Sie betrunken? Mäßigen Sie sich bitte! Was soll denn das?
Ruprecht:	*Augenzwinkernd:* Is scho klar! I woass Bescheid! Sie san guat, Sie san echt guat!
Nikolaus:	*Ebenfalls augenzwinkernd:* Mir hamm Eahnan Zettel, keine Angst! Mir machmas wie gewünscht! Des war bloß da Einstieg! Des Wesentliche kimmt no!
Vater:	Na gottseidank! Ich war schon etwas erschrocken! Also der Einstieg war wirklich krass! Aber gut, wenn es zum Programm gehört. Doch jetzt bitte …
Mutter:	*Hetzt herein, hysterisch zum Gatten:* Guntram, ich bin dermaßen schockiert, *zeigt anklagend auf Ruprecht* der hat mich …
Vater:	*Souverän lächelnd:* Reg dich nicht auf, Melitta, reg dich nicht auf! *Leise:* Die Herren haben unseren Zettel! Sie waren vielleicht etwas übermotiviert! Das war nur der Einstieg! Jetzt kommt erst der richtige Nikolausbesuch, keine Angst! *Zum Nikolaus:* So, lieber Nikolaus, was gibt es denn zu sagen über unseren Sohn?
Nikolaus:	Es ist zum Grausen mit ihm! Wie kann man in diesem Alter schon so blöd sein! *Zwinkert mit den Augen in Richtung geschockte Mutter und wendet sich dann an Wilfried, der völlig verstört und zitternd auf der Couch sitzt:* Ich muss schon sagen, so etwas habe ich noch nie gehört! *Mit erhobenem Zeigefinger:* Muss es sein, dass du die armen Kaulquappen frisst? Das sind auch Gottes Geschöpfe! Die wollen auch leben! Und dass dir da nicht graust? Normale Kinder essen eine Currywurscht oder auch ein Schnitzel, aber normal bist du eh nicht! Zu dumm zum Rechnen und Schreiben sein, aber Kaulquappen fressen, das haben wir gerne! *Zwinkert auch dem Vater zu.*

Vater: Waaas? *Sieht ratsuchend und hilflos die erschütterte Mutter an.*

Ruprecht: Jawoll! Es ist schon brutal, wenn der Franzose einen Froschhaxn isst, aber dass ihr missratenes Gwax gleich die Kinder vom Frosch vertilgt, dass ist eine Sauerei! De Kaulquappen, de wo du frisst, haben keine Chance, mal ein Froschschenkel zu werden! *Mit erhobenem Zeigefinger:* In Zukunft isst was Gscheids, zefix! An Burger oder an Döner! Versprichst mir des? Sunst schnalzt es im Karton! *Schwingt drohend die Rute.*

Wilfried: *Weinerlich, sich schützend die Hände über den Kopf haltend:* Aber ich hab noch nie Kaulquappen gegessen!

Nikolaus: Was? Leugnen auch noch? Wie kann ein Kind in diesem Alter schon so verschlagen sein? *Ruprecht schwenkt weiter die Rute und droht mit erhobener Faust.* Merke dir: Der Nikolaus weiß alles, lügen hat keinen Zweck nicht!

Wilfried: *Herzerweichend weinend:* Ich schwöre es: Ich habe noch nie eine Kaulquappe gegessen!

Ruprecht: Meineidig is er aa no! Da kimmst du in die Hölle! *Schwenkt heftig die Rute.*

Mutter: *Die das Ganze völlig paralysiert beobachtet hat:* Jetzt hören Sie bitte auf mit den Kaulquappen! Das ist ja widerlich!

Nikolaus: Dann hättstas ned aafgschriem! Owa guat, lassen wir die Ernährung des Buben, kema zu de schulischen Leistungen! De san ja hundserbärmlich! *Schaut auf den Zettel.* In der Deutschprobe so dumm gewesen, dass er sogar seinen Namen falsch geschrieben hat! Sag amal, bist du so dumm, dass du Richard ned schreim konnst?

Wilfried: *Schluchzend:* Aber ... aber ... aber ich heiße Wilfried!

Nikolaus: *Zu Ruprecht:* Der is so dumm, dass er sein Nam' gar ned woass, geschweige denn schreim konn! Sowos hob i aa no ned erlebt! Amal hod a Kind sein eigenen Geburtstag ned gwisst, ned amal 's Jahr! Is des scho brutal dumm, owa den eigenen Namen! Also Richard, do seg i ganz schwarz für di! Ganz, ganz schwarz!

Vater: *Streichelt Wilfried beruhigend über den Kopf.* Aber er heißt wirklich Wilfried, Herr Nikolaus! Und jetzt mäßigen Sie ...

Nikolaus:	*Unterbricht ihn:* Sie derfa doch jetza ned nachgeben, bloß weil er flennt! Wenn Sie eam jetza einen falschen Vornamen zugestehen, des nimmt der als Genehmigung! Des is in dem Alter fatal! Wenn ein Kind sich auf einen Schmarrn versteift, dann müssen die Eltern eine klare Position einnehmen! Auf d'Letzt glaubt er selber no, dass er Wilfried hoasst!
Mutter:	*Energisch, vor Zorn weinend:* Verdammt noch mal, er heißt doch Wilfried! Jetzt hören Sie mal auf! Sie sind ja verrückt!
Nikolaus:	*Leise und kumpelhaft zum Vater:* Ja mi host ghaut! Da brauchtma sich ned wundern, dass der Bua an Vollvogl hod, wenn d'Muada dermaßen hysterisch is! Mit dera miassens aa amal a ernsts Wort reden!
Vater:	Sagen Sie mal, was soll denn das? Unser Sohn heißt Wilfried! Und meine Frau ist nicht hysterisch!
Nikolaus:	*Leise zu Ruprecht:* Du, do is de ganze Familie ned ganz sauber! De wissen ned amal, wia da Bua hoasst!
Ruprecht:	*Zu Mutter:* Bloß amal a Frage: Is des Eahna leiblicher Sohn? Oder hamms den erst kürzlich adoptiert?
Mutter:	Waaas? Sind Sie verrückt?
Wilfried:	*Argwöhnisch zur Mutter:* Bist du nicht meine Mama?
Mutter:	Natürlich bin ich deine Mama! Also Wilfried!
Wilfried:	Aber wenn es der Nikolaus sagt! Und du hast gesagt, der Nikolaus weiß alles! *Zum Vater:* Und du hast das auch gesagt!
Vater:	Schon, aber erstens hat das mit der Adoption der Knecht Ruprecht gesagt und zweitens weiß dieser Nikolaus offenbar nicht alles! Der weiß praktisch gar nichts!
Nikolaus:	Des is fei ned guat, dass Sie mi vor dem Kind als inkontinent histelln! Do is glei der ganze Respekt weg!
Ruprecht:	*Leise zum Nikolaus:* Inkompetent hoasst des, Nikolaus!
Nikolaus:	Jetza dua ned du aa no mei Autorität untergraben!
Ruprecht:	I moan ja bloß!
Vater:	Ich schwöre es Ihnen: Dies ist mein leiblicher Sohn und er heißt Wilfried! Ich kann Ihnen die Geburtsurkunde zeigen! Melitta, hol sie bitte!

Nikolaus:	*Zur Mutter:* Naa, des brauchts nicht! Dann war des mit dem Namen anscheinend ein Missverständnis! *Wieder scharf zu Wilfried:* Nun wieder zu dir, Winfried!
Wilfried:	*Ängstlich:* Wilfried!
Nikolaus:	Ha, dassd jetza du allaweil widersprichst! Zerst hod dir da Name ned passt, jetza hängst di scho an an Buchstaben aaf! Win oder Wil, des is dann scho wurscht!
Mutter:	*Verzweifelt:* Ja, aber wenn er doch Wilfried heißt!
Ruprecht:	*Rutenschwingend:* Lassen Sie jetzt vielleicht einmal den Herrn Nikolaus sprechen!
Vater:	*Tadelnd:* Melitta!
Mutter:	Aber Guntram, Wilfried heißt doch Wilfried!
Nikolaus:	*Versöhnlich:* Na gut, dann halt Wilfried! *Zu Wilfried:* Du spielst Fußball in der F-Jugend und bist immer so grob zu deinen Mitspielern! Das gefällt mir gar nicht!
Ruprecht:	*Rutenschwingend zum völlig verdatterten Wilfried:* Und mir auch nicht!
Nikolaus:	Den Fridanzer Kevin hast du sogar gebissen, wie er Tormann war! *Kopfschüttelnd:* Also wirklich, das ist nicht schön!
Vater:	Unser Sohn spielt nicht Fußball, sondern Chopin!
Nikolaus:	Da Chopin spielt Fußball? Den kenn ich ned! Is des sei Bruder?
Mutter:	Chopin ist ein Komponist!! Unser Sohn spielt nicht Fußball, sondern Klavier!
Nikolaus:	*Unsicher auf seinen Zettel blickend:* Klavier? Ja, und ist er da auch so grob?
Mutter:	Grob? Also sagen Sie mal! Er spielt virtuos für sein Alter! Doch nicht grob!
Vater:	Wie kommen Sie überhaupt darauf, dass unser Sohn Fußball spielt?
Wilfried:	*Trotzig:* Und den Fridanzer Kevin kenn ich nicht!
Nikolaus:	*Raunend zum Vater:* Ja, jetza woass i nimmer! Des steht doch alles am Zettel drauf! Dass er Kaulquappen frisst, dass er dümmer is wia a Pfund Salz und dass er zwar schlecht Fußball spielt, owa dafür brutal! Jetza kaam dann no des mitm Meerschweindl!
Vater:	Mit was?

Nikolaus:	Mit dem Meerschweindl! Dass er dem Meerschweindl den Schwanz anzundn hat und dass des Meerschweindl seitdem beim Tierpsychologen in Behandlung is! Und am Schwanz hats eine Entzündung, die schlecht heilt!
Vater:	Ja sagen Sie mal! Das ist ja unerhört! Mein Sohn zündet doch einem Tier nicht den Schwanz an!
Nikolaus:	Ned? Ja, wos hod er dann für a Körperteil anzundn?
Mutter:	*Hysterisch:* Gar keines! Mein Sohn hat überhaupt kein Meerschwein! Wir haben keinerlei Haustier, denn Wilfried ist gegen Tierhaare aller Art allergisch! Gell, Wilfried?
Wilfried:	*Traurig:* Und gegen Mohn!
Ruprecht:	Gega Mohn? Noja, des is ned so tragisch!
Wilfried:	Einmal habe ich ein Mohnbrötchen gegessen, da hat es mich überall gejuckt!
Ruprecht:	*Anerkennend:* Hut ab! Des konn ned jeder von sich behaupten!
Vater:	*Genervt:* Das ist jetzt eigentlich egal! Offensichtlich liegt da eine Verwechslung vor! *Deutet auf den Zettel des Nikolaus.* Das sind nicht unsere Notizen. Niemals! Das ist auch nicht meine Handschrift! Und die Rechtschreibfehler auf diesem Zettel! Ich würde niemals „Mehrschwein" schreiben! Und „hat dem Schwantz angezunten". Da geht es um ein ganz anderes Kind!
Mutter:	Dessen Eltern zu bedauern sind!
Nikolaus:	Naja dann, Wilfried, äh, nix für unguat! Owa dabei hamma jetza nix für di, weilst aso a Hunzkrippl bist!
Wilfried:	*Verzweifelt:* Aber ich bin doch kein ... kein ... also, das, was du gerade gesagt hast!
Vater:	*Beruhigend:* Nein, Wilfried, das bist du nicht! Du bist ein ganz lieber Junge!
Wilfried:	*Bockig-enttäuscht:* Und warum kriege ich dann nichts vom Nikolaus?
Nikolaus:	Des war a Versehen! Naxts Johr kriagst wos, do bin i mir sicher! *Zum Vater:* Gell, Papa?
Vater:	Wilfried, du bekommst auch heuer was! Morgen gehen wir zum Einkaufen und da darfst du dir etwas aussuchen!
Wilfried:	*Begeistert:* Au ja!

Ruprecht:	Genau, des is a Sach! Wenn i des aso hör, dann host du dir ja des Johr nix zuschulden kemma lassn! Und drum soll dir da Papa wos Scheens kaffa morgen! *Zum Nikolaus:* Dann daad i sogn, mir zwoa packmas wieder!
Nikolaus:	*Verlegen zum Vater:* Äh, mir hättma dann no wos zum besprechen!
Vater:	Also, wenn Sie sich entschuldigen wollen, bitteschön!
Nikolaus:	Naa, es waar mehr … mehr Ding, äh …
Ruprecht:	*Macht mit Daumen und Zeigefinger das Zeichen für Geld.* Mehr pekuniär! Mir daadn no 30 Euro kriagn. Des is da Preis fürn Nikolausservice.
Ruprecht:	40! Inklusive Knecht Ruprecht!
Nikolaus:	Ja genau! Da Ruprecht is im Angebot! Normal kost er 20 Euro, owa heier is a Aktion! „Zahlst du einen Zehner mehr, kommt Knecht Ruprecht auch daher!", hoasst de Aktion. Des is da Slogan heier! Haha!
Vater:	Naja! Aber gut, dann kommen Sie mal mit in die Diele, da hab ich meine Geldbörse!
Nikolaus:	Jawoll! *Zur Mutter:* Also dann, pfüat Gott, Frau! Und nix für unguat! Schuld war bloß der gschissne Zettel! Des hamms in da Zentrale verwechselt. Jamei, waars a Wunder? Do liegen zig Zettel umananda – für brave Kinder, für Büffeln, für gscheide, für bläde. Do konn scho amal wos durcheinander kemma!
Mutter:	*Erzürnt:* Da **darf** nichts durcheinander kommen! Unser Sohn hat sicher noch tagelang ein Trauma!
Nikolaus:	Sorry, Richard!
Mutter:	*Hysterisch schreiend:* Er heißt Wilfried! Verdammt noch mal!
Vater:	Melitta! Beruhige dich! Fluche doch nicht vor unserem Sohn!
Mutter:	Das ist jetzt auch schon egal! Die beiden sind so doof, das ist ja kaum auszuhalten!
Ruprecht:	Also, so kannma des aa ned sagen! Mit dem richtigen Zettel waar des a Supersach worn heit! Mir hättma eam d'Leviten gscheit glesn, dem Hunzskrippl! Falls er oaner waar – owa so wias ausschaut, is er koaner!
Mutter:	Verschwinden Sie!

Wilfried:	*Der alles mit verweinten Augen beobachtet hat:* Der soll gehen! *Deutet auf den Nikolaus.* Und der auch! *Deutet auf das Sonderangebot Knecht Ruprecht.*

Vater und das glücklose heilige Duo gehen hinaus in die Diele.

Vater:	So, da wären 40 Euro! Und jetzt gehen Sie bitte! Sie haben unserem Sohn und uns den Abend gründlich verdorben!
Nikolaus:	Normal lassens d'Leit aaf an Fuchzger ausgeh! Des waar dann a Trinkgeld für uns zwoa! I moan bloß!
Vater:	*Empört:* Sehen Sie bloß, dass Sie weiterkommen! Trinkgeld auch noch! Ich glaube, Sie haben nicht mehr alle Tassen im Schrank!
Ruprecht:	Äh, Entschuldigung! Kannt i vielleicht no Eahna Klo benutzen! I hobs a weng aaf da Blasn! Des feichte Weda!
Vater:	Raus!

Nikolaus und Knecht Ruprecht verlassen wie geprügelte Hunde das Haus.

Parallel zu dieser peinlichen Episode ist ein anderer Nikolaus beim sechsjährigen Grobian Richard erschienen – mit dem Zettel, der für den zarten Wilfried bestimmt war. Ohne Knecht Ruprecht, denn für so ein braves und kluges Kind wie den Wilfried braucht es den rauen Gesellen nicht. Das Problem ist allerdings, dass Richard nicht Wilfried ist und dass der sanftmütige Nikolaus das nicht weiß.

Vater Franz, selbst kein sensibler Charakter, Mutter Berta und der missratene Richard sitzen im Wohnzimmer und warten auf den Nikolaus. Vater Franz erleichtert sich die Warterei mit einer Dose Billigbier und einer Zigarette, die wohlgenährte Mutter Berta ergötzt sich, gewandet in pinke, figurbetonende Leggins und ein schreiend gelbes T-Shirt mit der Aufschrift „Princess for a day" am intellektuellen Programm von RTL, Richard spielt mit dem Gameboy ein Spiel namens „Kill the Crocodile". Er versteht zwar den Titel nicht, weil er weder Deutsch noch Englisch lesen kann, hat aber bereits 87 Krokodile und 1 Wildhüter getötet, was ihn auf Level 4 brachte.
Da läutet es an der Haustüre.

Vater:	*Drohend und grinsend:* Adelheid, es is soweit! Jetza kimmt er, da Aff mitm Zylinder!

Richard:	*Kurz die Krokodilschlachterei unterbrechend:* Ha? Wos? Wer kimmt?
Mutter:	Pssst! I will Fernsehschaun!
Vater:	Da Nikolaus is draußen! *Steht auf und geht mit Bierdose und Zigarette in Richtung Haustüre.* Mei liawa, do wirst schaun, du Hundling! Jetza wird abgerechnet! Der haut dir deine Sünden um d'Ohrn, dass pfeift! Der duat di in sein Sack eine und da Knecht Ruprecht haut dann mit an Stecka draaf, bis du grün und blau bist! Schuld bist selber! Hättst ned des ganze Jahr soviel Blädsinn gmacht und hättst mehr glernt, Depp!
Richard:	*Selbstbewusst:* Aso a Schmarrn! Woher soll denn da Niglo des wissen? Des is doch bloß irgend a Haumdaucher! N Nikolaus gibt's ja gar ned, des is da gleiche Humbug wia da Osterhas und da Homer Simpson!
Mutter:	*Unwirsch:* Reiß di bloß zamm, Rietsche! Reiß di bloß zamm!
Richard:	*Desinteressiert:* Pfff!
Vater:	*Die Haustüre öffnend:* Ja, da schau her, da Nikolaus! *Sieht nach draußen.* Wo isn da ander?
Nikolaus:	Der ander? Wen meinen Sie?
Vater:	Der mitm Stecka, da Brutale? Der wo zuahaut! Bist du ohne Schläger do? Haust du selber oder wos?
Nikolaus:	Ach – Knecht Ruprecht! Der ist nicht dabei! Das schaffe ich schon alleine! Mit solchen Kindern wie Ihrem Sohn, da habe ich keine Probleme! Da brauchts keine Hilfe!
Vater:	Noja, wenns moana! Dann kemmans eina, im Wohnzimmer hockta, da Delinquent! Spieln duat er scho wieder!
Nikolaus:	Klavier?
Vater:	Naa, ebbs mit Krokodile!
Nikolaus:	Ah ja. *Geht hinein und beginnt mild und säuselnd zu sprechen:* Na, wo ist er denn, der Musterknabe!
Vater:	*Irritiert vom Bier trinkend, seinem Feinrippunterhemd nach zu urteilen gab es heute schon etwas mit Ketchup zu essen:* Wer?
Nikolaus:	*Sieht Richard auf der Couch sitzen.* Ach, da ist er ja! Was spielst du denn da?
Richard:	Krokodülln prülln!

Nikolaus: Wie bitte? *Neigt sich zu ihm hinunter.* Wie geht das denn, hm?

Richard: *Voller Freude, weil sich erstmals jemand für sein pädagogisch wertloses Spiel interessiert:* Do mouma Krokodüler killn! Do hodma a Schwert und Messer und a Pistoln und ab Level 2 hodma aa no Handgranatn und ab Levl 5 Bombn, owa i bin erst aa f Level 4 und allaweil wenn a Krokodül hi is, dann spritzt s Bluat und des san dann 10 Punkte und ab 10 verreckte Krokodüler gibt's an Bonus, owa a Babykrokodül, des san bloß 5 Punkte! Zefix, jetza howe an Wildhüter derwischt, des san 20 Punkte minus! Der is mir voll ins Schwert einegrennt, Depp der! *Spielt unverdrossen und mit heraushängender Zunge zwischen den Lippen, was seine Konzentration fördert, weiter.*

Nikolaus: *Hat von Richards begeistertem Wortschwall nichts verstanden.* Ach was! Und das ist wohl der Ausgleich für die komplizierten Übungen am Klavier?

Richard: *Kann die Frage des Nikolaus nicht einordnen und sieht ihn kurz mit großen Kuhaugen an.* A Wildhüter san 20 Punkte minus!

Nikolaus: *Gütig zum Vater, der sich gerade eine neue Zigarette anzündet, weil die bisherige nur mehr ca. 3cm lang ist:* Er ist ganz vertieft in sein Spiel! Naja, das darf dann schon mal sein, wenn man immer so fleißig Klavier übt! Gell, Wilfried?

Mutter: *Leise zum Vater:* Sag amal, hod der kifft oder wos? Klavier, Wilfried? Also ganz sauber is der ned! Wos red denn der für ein Blech daher?

Vater: Des is a Profi, der kost 30 Euro! Der lasst scho no richtig um, wirstas sehn! Der schleimt unserm Blädl zerst a bissl hi und dann gibt er Vollgas, dann fallt da Watschnbaam um! *Zum Nikolaus:* Also, guada Mo, jetza daad i sogn, jetza is Schluss mit lustig! Jetza bringens amal des, wos am Zettel omsteht!

Nikolaus: Jaja, natürlich! *Gütig lobend zu Richard:* Du machst deinen Eltern sehr viel Freude, lese ich da!

Mutter: I glaub, mei Schwein pfeift! *Zum Vater:* I hob doch gsagt, dass der kifft hod! Der is ned ganz sauber!

Nikolaus: *In sein Konzept auf dem Zettel vertieft:* Und du bist der Klassenbeste. Du gehst zwar erst in die erste Klasse, aber rechnen kannst du schon wie ein Kommunionkind! Schön, schön!

Richard ist vollkommen in sein Spiel vertieft, steht kurz vor Level 5, der ihm Bomben zur Krokodilsprengung bringen würde, und nimmt das überschwängliche Lob des Nikolauses gar nicht wahr. Seine Eltern allerdings nehmen es durchaus wahr und sind völlig perplex.

Vater: *Zynisch lachend:* Rechnen wia a Kommunionkind? Unser Rietsche? Dem wennst sagst, wie viel san drei Semmeln und vier Semmeln, dann sagta fünf Äpfel! De oanzigen Zahlen, de wos der kennt, des san de Punkte, wos er für seine massakrierten Krokodüler kriagt. Und de zählt eam da Gameboy zamm, weil er is z'bläd dazua!

Nikolaus: *Völlig irritiert:* Ach was! Das ist aber seltsam! Sehr seltsam ist das! Ja, und das mit dem Klavier? Das stimmt schon, oder? Übt er fleißig?

Mutter: Wos hamms denn allaweil mit dem Klavier? Mir hamm überhaupt koa Klavier! Des oanzige, wos der spielt, is der elendige Gameboy! Dog und Nacht hör i, wias irgend a Krokodil zreisst!

Richard: *Kurz aufmerksam, weil er das Wort „Krokodil" gehört hat:* Ha? Wos is, Mama? Host du a Krokodül gseng?

Mutter: Weilst allaweil Gameboy spielst!

Richard: *Zufrieden grinsend und weiterspielend:* Ja genau! Allaweil!

Vater: Normal ghört des Drumm zammghaut!

Nikolaus: Dann stimmt auch nicht, dass der Wilfried immer schön seine laktosefreie Milch trinkt und Tofu isst?

Vater: Wos der Wilfried isst und trinkt, des woass i ned! Unser Ritschie frisst aaf jeden Fall Kaulquappen! Gegen Bezahlung! Beim Schulausflug hod er pro zehn Cent, wos eam seine Klassenkameraden geben ham, oa Kaulquappn verschluckt! Da Lehrer hod gsagt, aso geht's ned weida! Der Bua hod am Wandertag um oan Euro achzge Kaulquappen gessn! Da Doktor hod gsagt, des is unschädlich, owa direkt

	normal is ned! Also für de Kaulquappen is scho ziemlich schädlich, owa für eam weniger.
Mutter:	Genau! Und mir hamm gmoant, Sie daadn eam d'Leviten gscheit lesen heit und da Knecht Ruprecht daad eam a bissl Angst einjagen mit da Rute! Und jetza redn Sie ebbs von an Wilfried daher, der wos Klavier spielt und rechnen konn! I begreif des ned! So ganz normal san doch Sie aa ned, oder?
Nikolaus:	*Verzweifelt:* Da ist was total schiefgelaufen! Da muss man mir den falschen Zettel mitgegeben haben! Das tut mir jetzt furchtbar leid! Aber ich kann den Wilfried, äh … den Richard jetzt nicht aus dem Stegreif zur Sau machen, das passt jetzt gar nicht! Gell, Richard?
Richard:	*Völlig ins Spiel vertieft:* Wusch!!! Wieder a Krokodül zrissn! De Bombn san super! Äh …, wos?
Nikolaus:	Ach nichts! Äh …, dann ist das Geschenk, das ich für ihn dabeihabe, vermutlich auch nicht das richtige!
Richard:	*Plötzlich hellhörig:* A Gschenk? Cool! A neis Spiel fürn Gameboy?
Vater:	Bloß ned! I werd mit dem Krokodilglump scho narrisch! Bloß ned!
Mutter:	*Auf den Fernseher starrend:* Pssst! Jetza sagts ihrem Vater, dass schwanger is! Der flippt aus! De is erst 16! Aso a Schnalln! Pssst!
Nikolaus:	*Völlig konsterniert:* Äh, ich hätte da eine Partitur von Händel!
Vater:	A Partie Hendln? Noja, normal bringt da Nikolaus koane Gockerl, owa mir solls recht sei!
Mutter:	Pssst!
Vater:	Hendl gibt's! Host an Hunger?
Mutter:	Pssst!
Nikolaus:	Nein, Sie haben mich falsch verstanden! Nicht Hendl, HÄNDEL! Der Komponist! Ich habe als Geschenk eine Partitur dabei! Für das Klavier! Aber Sie sagten ja, Sie haben kein Klavier!
Richard:	I mogs mit Bommfritz!
Nikolaus:	Wie bitte?

Richard:	Mei Hendl! Mit Bommfritz! Und danke, Nikolaus, fürs Hendl!
Vater:	*Unwirsch:* Hör zua, du Depp! Es gibt koa Hendl! Waarst brav gwen, dann kriagerst vielleicht oans! A Heftl konnst haben vom Händel!
Richard:	Is des a Comic?
Vater:	Des is a Abitur fürs Klavier!
Richard:	*Abfällig:* Pfff! *Vertieft sich wieder in den Krokodilmord.*
Nikolaus:	*Mit verlegen erhobenem Zeigefinger:* Partitur!
Vater:	Genau! Des aa no!
Nikolaus:	Äh, ich denke, ich gehe jetzt! Das war eine Verwechslung! Entschuldigen Sie bitte, das ist mir echt peinlich! Da ist etwas durcheinandergekommen!
Vater:	Owa zohln dua i do fei nix für den Schmarrn!
Nikolaus:	Nein, brauchen Sie nicht! Das nehme ich auf meine Kappe! Also dann! Einen schönen Abend noch!
Vater:	Ja, Eahna aa! *Zu Richard:* Sog pfiat Gott, Büffl!
Richard:	Pfiat Gott Büffl! Zack, wieder oans! *Er meint ein Krokodil.*
Vater:	Fratz! Tschuldigens, Herr Nikolaus! Der wenn Gameboy spielt, der is direkt verbohrt! Der hört nix und segt nix!
Nikolaus:	Nicht so schlimm! Also, auf wiedersehen! *Geht hastig.*
Vater:	*Zur Mutter:* Des war fei a ganz a seltsamer Patron!
Mutter:	Pssst! *Hat sich geistig längst verabschiedet, da das Fernsehprogramm viel interessanter ist.*

Der Winter, das unbekannte Wesen

Geht es Ihnen nicht auch so?
So ab Allerheiligen wird man oft mit der Frage konfrontiert, welche Art von Winter uns ins Haus steht: In sämtlichen Medien, am Stammtisch, in der Arbeit, im Kreise der mehr oder weniger lieben Verwandten, ja selbst in der Kirche hat mich unlängst ein Bekannter vor der kommenden vierten Jahreszeit gewarnt! „Done", sagte er bedeutungsvoll, „Done, kaafda a Heizöl und hau d Winterreifen bald affe, heier wird er streng! Saustreng, no költer wia da Summa hoass war!"
Auf meine besorgte Frage, wie er darauf komme, antwortete er wissenschaftlich: „Wirstas scho seng!"
Ich besitze nicht allzu viele Fähigkeiten und schon gar nicht die Kunst der Hellseherei, deshalb bin ich auf derartige gute Ratschläge angewiesen, um nicht jämmerlich zu erfrieren oder mit abgefahrenen Sommerreifen in meterhohe Schneewächten, wie sie uns offenbar demnächst ins Haus stehen, zu schlittern.
Gottlob gibt es Fachleute, die sich in der Deutung der meteorologischen Zukunft besser zurechtfinden. Ich meine nicht die gstudierten Wetterkundler, sondern die echten, die wahren Spezialisten! Die promovierten Wissenschaftler erahnen vielleicht eine grobe Tendenz, aber die echten Fachleute, die wissen es konkret! Mit deren Aussagen kann man etwas anfangen und sich vorbereiten!
Wie etwa beim 93-jährigen Einödbauern Isidor aus dem hinteren Allgäu, den kürzlich ein TV-Privatsender präsentierte und der nach eigener Aussage seit gut 93 Jahren intensiv die Wetterentwicklung beobachtet. Schon äußerlich durch extremen Bartwuchs, zerfurchtes Gesicht, imposanten Pelz in den Ohren und Gummistiefel als Fachmann erkennbar, meinte er in einem mir unverständlichen Dialekt, der aber hilfreich durch Untertitel übersetzt wurde: „Wann Pfingschtn dr Eichelhäher schon in dr Fruah schreit, dann isch dr Summer nimmer weit!"
Klingt einleuchtend, birgt aber für die Wintertendenz wenig Aussagekraft. Doch der weise (und auch weiße) Greis fuhr fort: „Und webt die Spinn ihr Netz mehr lang als breit, kommt eine hirte Wintrschzeit!"
Aha, da haben wir es! Doch verdammt, ich Tölpel habe im September zwar viele Spinnennetze gesehen, aber keines vermessen! Ich glaube mich jedoch zu erinnern, dass sie eher rund waren, maximal leicht eckig.

Isidor zeigte dann noch mit verklärtem Blick mittels seines Zeigefingers in den Himmel und meinte geheimnisvoll: „Do schauts auffi, do kummt alles her! Jaja, des isch dr ewige Kreislauf zwischen Summer, Hirgscht und Winter! Manchmal is no a Fruahjahr dabei!"
Ich war beeindruckt, aber was die Härte des Winters betrifft, immer noch ratlos.

Hm, wie wird er also nun, der Winter?
Im Bayerischen Fernsehen erklärte ein Gartler den Winterverlauf anhand einer Blume, die Königskerze oder so heißt. Ihre Blütenstruktur deutete darauf hin, dass es manchmal schneien wird und manchmal nicht. „Schauns her", sprach er wissend in die Kamera, „man sieht es ganz genau: Um Silvester rum kann es durchaus schneien oder regnen! Man sollte gewappnet sein!"
Toll! Noch verblüffender war der winterliche Temperaturverlauf, den das seltsame Gewächs (die Blume, nicht der Gartler!) ankündigte: Neben frostigen Phasen wird es bisweilen auch Tauwetter geben! Wobei die frostigen Phasen eher dann zu erwarten sind, wenn die Temperatur unter null Grad sinkt.
Wahnsinn, woher weiß diese Blume das? Auf diese extremen Wetterkapriolen werde ich mich durch den Kauf von warmer, aber auch luftiger Kleidung beizeiten einstellen!

Eigentlich schon gerüstet durch diese bemerkenswerten Vorhersagen, wollte ich mich aber doch noch absichern und wagte einen Blick in den beliebten Hundertjährigen Kalender, in dem bekanntlich irgendwann irgendwer irgendwas aufgeschrieben hat. Und hier stand es schwarz auf weiß: „Trüben Tagen folgen lichte Tage!" Wusste ich es doch! Ein leichtes Pfeifen in meinem linken Ohr hat mir im August genau die selbe Wetterentwicklung angekündigt! Das Pfeifen resultierte aus übermäßigem Festbiergenuss und der Tag darauf war relativ trüb für mich, später wurde es dann wieder lichter!

Auch die Tierwelt wird oft als Wetterprophet missbraucht. Ein Hühnerbauer sagte mir einst, wenn das Gefieder seiner Gockel besonders dick ist, dann wehe vor dem Winter! Denn dann wird er, wie er meinte „krawoddisch"! Für Nichtbayern hieße das in etwa „Grönlandtief mit Polarluft". Doch die Hühnerwelt hilft mir persönlich nix, denn ich kenne

Gockel nur in halber Ausfertigung, knusprig gebraten und federlos. Aber auch Hunde, Katzen und sonstiges Getier kann helfen! Zum Beispiel lässt sich folgendes ableiten: Wenn die Katze gern herinnen ist, dann ist es draußen kalt oder nass oder beides! Und wenn draußen Schmetterlinge flattern, dann ist der Winter eindeutig zu warm!

Noch besser sind die Weissagungen derer, die im Wald leben. Ein Kamerateam ist extra in das Berchtesgadener Land gefahren, da dort auf einer Lichtung Konrad, der einsame Waldbauer, seine Hütte hat. Konrad, ohne Frau und ohne näheren Kontakt zur Außenwelt, hat sich ganz der Beobachtung der Bäume verschrieben und hat deshalb Ahnung wie kein anderer. Die TV-Menschen treffen ihn in seiner Stube an, wo er gerade einen Ranzen Geräuchertes vertilgt – ohne Brot, da Kohlenhydrate nicht sein Fall sind, außer vielleicht mal ein Pfund Zucker zwischendurch.
„Konrad", wie wird der Winter?", fragt der Reporter. „Magst a Greicherts?", antwortet Konrad, „es is schee fett!" Der Reporter lehnt dankend ab und bittet nochmals um eine Winterprognose. „Dann kimm mit ausse, dann schaumer mal!", fordert ihn Konrad auf und unterbricht sein nobles Mahl. Draußen führt Konrad das Team zu einer uralten Eiche, deutet auf deren Rinde und sagt: „Do schau hi, dann segstas selber!" Der Reporter schaut hin und sieht es nicht selber. „Was wollen Sie damit sagen?" fragt er. „Wann de Rindn vo da Oacha um de Zeit feicht is, des bedied, dass eine Luftfeichtigkeit is oder dass rengt!"
„Aha!", meint der Reporter, „und was heißt das für den Winter?"
„Des is no ned gwies", meint Konrad, weil es is ja erst Oktober! Kummts im Dezember wieder, dann schaumer de Rindn wieder o, dann wissma scho mehra! Weil wenns dann weiß is, dann hods gschneibt. Im Moment konn i bloß sagen, dass da Hirgscht feicht is!"
Enttäuscht von der faden Vorhersage vereinbaren die Fernsehfritzen einen weiteren Infotermin in acht Wochen und ziehen ab. Am Nikolaustag wollen sie wiederkommen und dann prüfen, was die Rinde sagt.

Wir werden sehen.
Ich wage mal vorsichtig folgende Prognose, die allerdings auf langjähriger intensiver Beobachtung von Flora und Fauna beruht:
Der Winter wird diesmal deutlich kälter als der Sommer! Wahrscheinlich!

Der Sepp ist an sich ein anständiger, aufgeweckter und nicht unsauberer junger, besser gesagt, fast junger Mann. Er nähert sich nämlich schon rasant dem 40er. Sein Problem ist es, dass er einfach nie die richtigen Worte findet, wenn er vor einem weiblichen Wesen steht. Im Grunde genommen findet er gar keine Worte, seine Schüchternheit plagt ihn seit Kindesbeinen und was das Schlimme ist: Sie wird immer größer! Wenn er mit einer Frau sprechen soll, setzt bei ihm regelrecht das Gehirn aus und aus seinem Mund kommen, wenn überhaupt etwas herauskommt, sinnlose Worte. So zieht er als Jungbauer mit dem Bulldog einsam seine Kreise in Wald und Flur und keinerlei Jungbäuerin ist in Sicht. Alois, der noch rüstige Vater kann dieses Elend nicht mehr mit ansehen und drängt den oaschichtigen Sohn, sich um „eine" zu schauen, um den Fortbestand der Familie und, was noch weitaus wichtiger ist, des Anwesens zu sichern. Und so schwierig kann es eigentlich nicht sein, hat doch der Nachbar eine ledige Tochter, die auch schon längere Zeit im heiratsfähigen Alter ist. Auch dieser Umstand basiert auf Schüchternheit, in diesem Fall auf der ihrigen. Und gerade jetzt in der Adventszeit, wo die Herzen ohnehin in romantischer Stimmung sind, müsste doch eines zusammengehen, ein

Weihnachtliches Rendezvouz

Alois: Sepp, Mensch Meier! Jetza sitzt wieder do und schaust dir des bläde „Bauer sucht Frau" o!
Sepp: Soll i umschaltn, Papa?
Alois: Du sollst ned umschaltn, du sollst ausschaltn und dir selber oane suacha!
Sepp: Owa vielleicht lern i wos vo de Bauern, wiamas macht, dassma oane kriagt!
Alois: Vo denen lernst du nix! Des san doch lauter Sonderlinge, oana schiacha und seltsamer wia da andere! Da zarte Ziegenhirt, da geile Geißbauer, da hohle Holunderzüchter, da kahle Kalbsfreund, da fette Ferdinand und da himmlische Himbeerzupfer! Oaner bläder wia da ander! De holen de Bräute mitn Bulldog und mitn Leiterwagl vom Bahnhof ab, am Leiterwagl hockan no 15 wamperte Kumpel, de künftige Schwiegermuada und zwoa Fassl Bier! Ja glaubst

	denn du, aaf sowos wird a Frau heiratswillig? De duat aaf und davo! Es sei denn, sie hod selber ned alle Latten am Zaun!
Sepp:	Echt?
Alois:	Echt!
Sepp:	Ja, und auf wos wird a Frau heiratswillig?
Alois:	A Frau will a nette Unterhaltung, a Ansprach', a Gespräch! I hob dei Mama aa durch a Gespräch kennaglernt!
Sepp:	Ehrlich?
Alois:	No freilich! I hobs beim Eikaffa troffa, am Gmiasstand! Sie hod grad an Kohlrabi kafft und i hob gsagt: „Da Wirsing waar im Angebot!" Und scho hamma a Thema ghabt! Und des derfst du mir glauben: Wenn a Frau spannt, dass a Mo sich auskennt, wos a Gmias kost, dann hod er scho an Stein im Brett!
Sepp:	Ehrlich?
Alois:	Ja freilich! Weil dann woass sie, dass er sparsam is und a Ahnung vom Haushalt hod! Des is ein mords ein Trumpf bei da Eheanbahnung! Und ned a Leiterwagl mit 100 Liter Bier und an Rudel wamperte Bauernbuam mit an T-Shirt, wo drobnsteht „Ich bin ein toller Mensch, weil ich hab eine Ranch!"!
Sepp:	Ja, und jetza?
Alois:	Jetza gehst zum Nachbarn ume und fangst a Gespräch o mit da Tochter!
Sepp:	Mit da Hannelore?
Alois:	Naa, mit ihrer Schwester!
Sepp:	Ha? D'Hannelore hod doch gar koa Schwester ned!
Alois:	Eben! Natürlich mit da Hannelore, mit wem denn sunst! Geh ume jetza, Depp!
Sepp:	Ja, und wos soll i do song?
Alois:	*Äfft ihn nach:* Wos soll i do song? Wos soll i do song? Des woass doch i ned! Sagst zerst amal „griasde"!
Sepp:	Des woass i aa! Owa dann! Weil „griasde", des langt ned, des is koa Unterhaltung!
Alois:	Des is scho klar! Mei, schaust halt, wos de Hannelore grad macht und aaf des redstas dann o! Wenns zum Beispiel

	Plätzl backt, dann sagst "aah, duast Plätzl backa!", dann habts scho amal a Thema!
Sepp:	Und wenns ned Plätzl backt?
Alois:	*Genervt:* Dann sagst wos anders! Jetza geh einfach amal ume, dann segstas scho! Aso a Unterhaltung ergibt sich ja normal automatisch!
Sepp:	*Frustriert:* Bei mir ned, des is ja des!
Alois:	Jetza geh und aus! Vor Weihnachten san d'Weiber eh a weng romantischer, do geht's leichter!
Sepp:	In Gotts Nam', dann geh i halt ume.

Sepp geht die kurze Strecke zum Nachbarhof und läutet an der Haustüre, der Nachbar Karl öffnet und ist nicht unerfreut, Sepp zu sehen. Denn auch er ist der Meinung, seine Hannelore sollte eigentlich schon lange die Partnerin von jemandem sein und nicht nur die Tochter von ihm.

Karl:	Ja da schau her, da Sepp!
Sepp:	Ja genau!
Karl:	Und? Wos gibt's?
Sepp:	Mei, i hobma denkt, i schau amal uma zu eich!
Karl:	Des is schee! Dann kimm eina! D'Lore is aa do!
Sepp:	*Errötend:* Ja gibt's des aa, is d'Lore aa do?!

Sepp betritt die Stube, in der Hannelore gerade auf der Couch sitzt und ihr Handy betrachtet.

Sepp:	*Durch die Anwesenheit einer Frau, die nicht zur näheren Verwandtschaft gehört, schlagartig seines gesunden Menschenverstandes beraubt:* Duast ebba Plätzl backa?
Lore:	*Verschämt vom Handy aufblickend:* Eigentlich ned!
Sepp:	Ned? Hm ..., i hätt fei direkt gmoant, dass du Plätzl backst! Weil doch bald Weihnachten is.
Lore:	Des stimmt! I glaub, i back morgen Plätzl!
Sepp:	Des langt aa no! Is ja erst da siebte Dezember!
Lore:	Da achte!
Sepp:	Ja Wahnsinn! Wia de Zeit vergeht! Do sollma ned alt werdn! *Kurze Verlegenheitspause.* Dann duast du heit praktisch ned Plätzl bacha?

Lore:	Bis jetza ned.
Sepp:	Achso, später vielleicht dann scho no, ha?
Lore:	Des konn scho sei. Wissen konnmas nie.
Karl:	*Unterbricht die zärtliche, fast schon erotische Konversation.* I geh dann, Kinder, gell! I muass no in Wald auffe, an Christbaam steh ... äh holn! Ihr junga Leit wollts eh unter eich sei, gell! Des is nix, wenn d'Eltern allaweil störn! Omei, die Jugend, a wunderbare Zeit! *Grinst vielsagend und geht zum Christbaumdiebstahl.*
Sepp:	An Christbaam holt er! Aso a Christbaam is scho wos Scheens, ha?
Lore:	Scho!
Sepp:	Der erinnert mi allaweil direkt an Weihnachten! Des is komisch: I wenn an Christbaam seg, dann denk i spontan an Weihnachten! Des ghört irgendwie zamm, wia Volksfest und Rausch!
Lore:	Ja, des stimmt! Do geht's mir grad aso! Ganz komisch is des!
Sepp:	Habts jetza ihr an echten Christbaam oder aso an künstlichen?
Lore:	An echten! Da Papa holtna ja grad!
Sepp:	*Haut sich mit der flachen Hand an die Stirn.* Ja eben! Mei, bin ich ein Depp! Im Wald wachsen ja koane künstlichen ned! Ha, dass i so dermaßen ein Depp bin?
Lore:	*Verlegen lächelnd:* Mei, des kimmt vor! Dua di ned owe!
Sepp:	Du Lore, derf i di amal wos fragen?
Lore:	*Erwartungsfroh:* Wos fragen? Du mi? Wos willst denn fragen?
Sepp:	Du brauchst owa ned antworten, wennst ned magst! Weil es is a sehr persönliche Frage. Also ehrlich, wennst ned magst, dann brauchst ned antworten.
Lore:	*Mit kokett-romantisch verklärten Augen:* Also do bin i ja jetza wirklich gspannt, wos des für a Frage is. I versprich dir, i werd dir antworten, aa wenns persönlich is.
Sepp:	Ja oder naa, mehr brauchst ned sagen!
Lore:	*In noch froherer Erwartung:* Ok, dann frag! Vielleicht sag i sogar ja.

Sepp:	Also guat! Lore, hasst du des aa, wenn a Zitronat in de Plätzln drin is?
Lore:	Wos?
Sepp:	A Zitronat! I mog des ums Verrecka ned! Mir graust direkt, wenn i do draafbeiß! I speib des sofort aus! Weil des schaut für mi aus wia a Popel, so grünlich!
Lore:	*Perplex:* A geh!
Sepp:	Ohne Schmarrn! Und jetza mei Frage: Duast du a Zitronat in de Plätzln eine, de wo du backst? Ja oder naa?
Lore:	Äh ..., naa!
Sepp:	*Beglückt:* Super! Des is super! Weil i mir denkt hob, wennst du a Zitronat in d'Plätzln eineduast, dann hod des alls koan Sinn!
Lore:	Wos alls?
Sepp:	*Verfällt wieder in seine angeborene Schüchternheit.* Äh ..., so allgemein moan i! Also mi gfreit des, dass du koa Zitronat ned hernimmst! Des gfreit mi dodal! Do samma aaf oaner Wellenlänge!
Lore:	Weilst des hasst, gell!
Sepp:	Wie die Sau! *Verlegenheitspause, in der Sepp an die Decke und Lore auf ihr Handy schaut.* Des is scho komisch, gell?
Lore:	Wos nacha?
Sepp:	Dassma mir zwoa uns so guat unterhalten kinna!
Lore:	Des find i aa! Über alles, gell!
Sepp:	Genau! Christbaama, Plätzln, Zitronat, über alles Mögliche samma kema heit! Und glei so, so ..., so intensiv, gell!
Lore:	Ja, des war a tolles Gespräch! Wennst magst, kinnma fei wieder amal reden midananda, i moan bloß!
Sepp:	Jederzeit! Tja, dann schau i wieder ume. Du wirst ja aa no a Arbeit haben, oder?
Lore:	Noja, a bissl oane. Jetza schau i zerst meine SMSn o ...
Sepp:	Wiaviel host nacha scho kriagt heit?
Lore:	*Sieht auf ihr Handy und zählt nach.* Oane!
Sepp:	*Neugierig und leicht eifersüchtig:* Und von wem nacha, wenni fragen derf?
Lore:	Vo da Liesbeth! Dass i ihr heit Abend bei da Weihnachtsfeier vom katholischen Frauenbund an Platz freihalten soll neba mir.

Sepp:	*Beruhigt, weil kein Nebenbuhler im Spiel ist:* Achso! Jawoll, dann duats gscheit feiern heit! Is allaweil recht gmiatlich, oder? Beim Frauenbund geht's rund, des hob i scho öfter ghört!
Lore:	Jaja, do gibt's zerst an besinnlichen Teil und dann an Punsch!
Sepp:	*Lacht.* Jaja, ihr Weiber wissts scho, wiama feiert! Ihr lasstses kracha! Punsch! Wahnsinn!
Lore:	*Verschmitzt:* Letzts Jahr hob i drei Punsch ghabt und bin erst um elfe hoamkema! Hihi!
Sepp:	Du bist mir oane, mei liawa! Owa woasst wos? D'Sau muassma auslassn, solang man jung is!
Lore:	Des seg i aa aso! Hamma scho wieder a Gemeinsamkeit!
Sepp:	Super is des! Also nacha, i packs! I kimm dann wieder amal vorbei zum Plätzln probiern, ohne Zitronat! Wenn i derf!
Lore:	No freilich derfst! Kimm ruhig!
Sepp:	Dann kimm i! Morgen?
Lore:	Morgen passt! Dann back i heit no, bevor dass i zum Frauenbund geh!
Sepp:	Dann kimm i morgen! Also nacha, pfiade Lore!
Lore:	Pfiade Sepp!

Sepp geht beschwingt und frohen Herzens wegen des so gut verlaufenen Gesprächs wieder heim. Dort wird er schon von seinem Vater erwartet.

Alois:	Und?
Sepp:	Super wars! *Stolz:* Und moang soll i scho wieder kema, hods gsagt! Zum Plätzln probiern! I glaub, des wird wos. Im Prinzip samma uns einig. Und des mit dem Zitronat is aa geklärt!
Alois:	Mit dem Zitronat? Des versteh i jetza ned.
Sepp:	Zitronat! Des wos allaweil in de Lebkuchen drin is oder in de Stolln!
Alois:	Des woass i scho, wos a Zitronat is! I bin doch ned bläd! Owa wos host du mit da Lore geklärt?

Sepp:	I hob ihr gsagt, dass i des hass, weil i hass doch des! Und dann hod sie gsagt, dass sie des nicht verwendet! Des is doch super!
Alois:	Des is a guade Basis für a glückliche Ehe!
Sepp:	Genau! Und drum geh i jetza zum Unterwirt und kaafma a Maß!
Alois:	*Voller Hoffnung:* De host dir verdient! Und morgen schaust wieder ume zu da Lore und machst Nägel mit Köpf, gell! Machts glei an Termin aus zum Heiraten! Jetza vor Weihnachten san d'Weiber vo Haus aus romantischer, i hobdas glei gsagt!
Sepp:	Alles klar! *Geht ins Wirtshaus und schmiedet Hochzeitspläne ohne Zitronat.*

Zwischenzeitlich ist Lores Vater vom Raubzug in Sachen Christbaum heimgekehrt und gespannt, ob Hoffnung besteht, dass seine Tochter endlich unter die Haube kommt.

Vater:	*Leicht enttäuscht, als er Lore alleine antrifft:* Und? Is er ebba scho wieder furt?
Lore:	Grad is er ganga. Owa mir hamm uns ganz guat unterhalten! Und morgen kimmt er fei scho wieder!
Vater:	Ah geh? Des gfreit mi!
Lore:	*Stolz:* Ja, er will meine Plätzln probiern!
Vater:	Owa du host ja no gar koane Plätzln bacha!
Lore:	I back heit nachmittag, i hob doch Zeit!
Vater:	Genau, des duast! Owa oa Bitte hätt i, wos de Plätzln betrifft.
Lore:	A Bitte? Wos nacha für oane?
Vater:	Hau ned wieder soviel Zitronat eine, i hass des!

Die Weihnachtskarten

Sie: Du Hans, in acht Dog is fei scho wieder Weihnachten!
Er: *Leidenschaftslos die Zeitung lesend:* D'Zeit vergeht!
Sie: Es waar wega de Weihnachtskarten! Mir miassma d'Weihnachtskarten schreim!
Er: *Liest weiter und reagiert nicht.*
Sie: *Lauter:* D'Weihnachtskarten miassertma schreiben!
Er: *Blickt kurz von der Zeitung auf.* Ja schreib halt dann!
Sie: I schreib scho, owa du muasst mir sagen, wos i schreim soll! Dir fallt doch immer wos ei! Meistens reimtse des sogar, wos dir eifallt! Des kannst du echt guat!
Er: *Geschmeichelt, da er Lob von seiner Gattin nicht gewohnt ist:* Ach geh, des is doch ned so schwierig! Kannst doch überall des Gleiche draafschreim! Schreib einfach: Frohes Fest euch allen, guten Rutsch, Gesundheit und beruflichen Erfolg im neuen Jahr! Des is global, des passt für jeden!
Sie: Des passt eben ned für jeden! Grad schreib i an den Onkel Hein, der is 89 Jahr alt, do is des mit dem beruflichen Erfolg a Schmarrn!
Er: Do hast jetzt du wieder recht! *Sinniert kurz.* Dann miassma für den individuell wos dichten. Hm ..., Moooment, jetza hobes! Schreib:
„Genieß das Fest, lieber Onkel Hein,
denn es könnt dein letztes sein!"
Sie: Spinnst du? Des konnma doch ned schreim! Des is doch total negativ! Du konnst doch in unserm Weihnachtswunsch ned andeuten, dassma mir moana, das er nächsts Jahr stirbt!
Er: Mir moana ja ned, dass er stirbt! Mir schreima ja „könnt dein letztes sein"! Des is ja Konjunktiv! Des lasst ja no de Option offen, dass er vielleicht doch überlebt. „Wird dein letztes sein", des waar brutal, des könntma ned schreim, do gib i dir recht!
Sie: Trotzdem, des geht ned! Lass dir wos anders eifalln!
Er: *Äfft sie nach:* Lass dir wos anders eifalln! Du redst di leicht! So einfach is des aa wieder ned! Also guat, dann schreib ..., äh, genau, schreib:

	„Früher warn die Winter kälter,
	und du, Onkel, wirst immer älter!
	Wir wünschen dir nicht nur <u>ein</u> gutes neues Jahr,
	sondern gleich ein paar!"
Sie:	Segstas, geht doch! Des is schee! Do gfreit sich da Onkel Hein bestimmt drüber! *Schreibt eifrig das originelle Gedicht auf die Karte.* So, und jetza zu deiner Cousine, zu da Hermine. De schreibt uns alle Jahr, do miassma aa schreim.
Er:	Wos hamma dera letzts Jahr gschriem?
Sie:	Des war aso a Art Standardtext:
	„Liebe Hermine, liebe Kinder, lieber Hans,
	ein frohes Fest im Lichterglanz!"
Er:	*Im Nachhinein noch stolz auf sein letztjähriges Werk:* Des is ned schlecht, des hod wos! Hans-Glanz! Aaf des muassma erst amal kema!
Sie:	Scho, owa des kinnma heuer ned schreim, weil sie is ja seit Juli gschiedn!
Er:	So ein Horn! Lasstse de scheiden! Da Hans hätt sich so schee greimt! Wer woass, wos jetza für an Hamperer daherziagt! Der reimtse bestimmt ned so guat!
Sie:	Momentan hods gar koan!
Er:	Hoffentlich kimmts ned amal mit an Sepp daher, weil do is da Reim vorprogrammiert! *Lacht.* Woasst scho, wos i moan!
Sie:	Is mir scho klar! Also, wos soll ihr jetza schreim?
Er:	Do fallt mir jetza spontan wos ei:
	„Feiere Weihnachten frisch und froh,
	weil es geht auch ohne Mo!
	vielleicht is sogar besser,
	ohne unnützen Fresser!"
Sie:	Hm ..., moanst, des passt? Mit Fresser? Is des ned ordinär?
Er:	Natürlich passt des! Des is ned ordinär, des is sogar tröstend! Weil es hoasst ja praktisch, dass sie des aa ohne Hans packt! Und dass sie ned so lang kocha braucht an Weihnachten! Und dass er sich so guat greimt hod, des is ja ned da Hermine ihra Problem, des is eher meins! Schreib!

Sie:	Na guat, irgendwie host vielleicht sogar recht! *Schreibt das von ihm verfasste weihnachtliche Trostgedicht mit Fresserzusatz.*
Er:	Wars des dann?
Sie:	Naa, des wars no ned! Da Straubinger Oma miassma no schreim, des schickt doch de Kinder an jedem Weihnachten 200 Euro pro Nase! De erwartet des, dass sie a Kartn kriagt!
Er:	*Zutiefst überzeugt:* Zurecht! Vollkommen zurecht! Dera schreima a scheens Gedicht, de hods verdient! Warn besondere Vorkommnisse des Jahr bei da Oma?
Sie:	No freilich, des woasst doch!
Er:	I konn ned alles wissen! Außerdem is des dei Muada und ned meine! I woass ned amal vo da mein alles! Also, wos war bei da Straubinger Oma?
Sie:	A neis Knie hods kriagt im November!
Er:	A neis Knie? Hods a Freid damit?
Sie:	Und wia! Sie sagt, sie konn scho wieder super geh! Und de Schmerzen vo früher san aa weg! Wenn sie gwusst hätt, dass ihr des so guat duat, hättsase scho früher oans einbaun lassen!
Er:	Ja dann! Dann bauma mir des Knie aa ei, und zwar in de Weihnachtskartn! Bist bereit?
Sie:	Jawohl! Do bin i gspannt, wos dir do eifallt zum Thema Knie!
Er:	*Mit poetisch verklärtem Blick:* Dann schreib: „Liebe …", naa, bei 200 Euro pro Kind schreibst **„Liebste Oma, dein schönstes Geschenk,** **war bestimmt dein Kniegelenk!** **Nächstes Jahr noch eins dazu,** **dann springst du wie ein Känguru!** **Guten Rutsch, aber fall nicht hi,** **auf dein nagelneues Knie!"** Wos sagst?
Sie:	*Überwältigt von der Lyrik des Gatten:* Super! Also des is wirklich schee! Do wird d'Oma a Freid haben!
Er:	*Stolz:* Genau! Jetza hats scho mit dem Knie a Freid – und dann no des Gedicht!

Sie:	Ganz toll! Wias dir bloß allaweil eifallt!
Er:	Mei, entweder des konn oana oder des konn oaner ned! I hob do a Begabung! Scho in da Schul hamms allaweil gsagt: „Franz, schreib ebbs!" Und i hob ebbs gschriem! Zum Beispiel unser Mathelehrer, da Josef Auermann. Den hamms ned gmigt, weil der hod immer genau den drognumma, der wo de Rechnung ned kinnt hod – immer, der hod do a Gspür ghabt für Unwissenheit! Dann hamms gsagt, meine Klassenkameraden: „Franz, schreib a Gedicht übern Auermann an d'Tafel, owa a gscherts!"
Sie:	Du, des is zwar interessant, owa mir miassma jetza Weihnachtskartn schreim!
Er:	Ja, glei! Jetza lus, wos i an d'Tafel gschriem hob: **„Einer, der wo in Mathe alles kann,** **ist unser Lehrer Auermann!** **Man möchts nicht glauben, weil der Auermann Sepp,** **ausschaut wie ein glatter ..."** Verstehst? I hob do bloß drei Punkterln higmacht! Des is des Hinterlistige, weil jeder hod ja gwisst, dass do „Depp" fehlt, owa i hobs ned higschriem. Also war des koa Beleidigung!
Sie:	Und wia hod er reagiert?
Er:	A Ex hoda gschriem über Sinus und Kosinus, voll brutal, da Notendurchschnitt war 4,3. I persönlich hob an Sechser ghabt, owa des wars wert!
Sie:	*Ironisch:* Super! Jetza owa – weida geht's mit de Weihnachtskartn! Wos machma denn mit'm Onkel Norbert?
Er:	Der hod jetza an PC, dem hob i a Email gschickt!
Sie:	Host do scho berücksichtigt, dass er am 1. Januar in Rente geht?
Er:	Zefix, des hobi vergessn! Is der echt scho so alt?
Sie:	Ja freilich! Und sooo jung bist du aa nimmer!
Er:	Jünger wia der scho! Is jetza wurscht, des mit da Rente, des konn i dann nächsts Jahr in die Weihnachtskartn integriern!
Sie:	Nächts Jahr? Wia willst denn des macha?
Er:	Ganz einfach! Do schreib i dann:

	„Ich schätz, es geht dir gut
	– wie jedem, der nix tut!
	Frohes Fest und guten Rutsch
	– ein Jahr Rentnerleben ist schon futsch!"
Sie:	Ja guat, in Gotts Nam', dann machstas halt aso. *Grübelt:* Hm, owa moanst ned, dass des zu pessimistisch klingt? Ein Jahr ist schon futsch – des is fei scho a bissl frustrierend!
Er:	Ach geh, da Norbert versteht scho an Spass!
Sie:	Wennst moanst. So, jetza miassma no a Kartn schreim für de Dienstleister!
Er:	Für wen?
Sie:	De Dienstleister – d'Müllabfuhr und da Postbot!
Er:	Denen hamma no nie a Kartn gschriem! Denen host doch du bloß immer an Zehner highängt. Oan an d'Mülltonne und oan an Briefkasten.
Sie:	*Lacht abfällig.* An Zehner! Scho lang nimmer! Seit Jahren is des scho a Zwanzger! Mit an Zehner brauchst du denen nimmer kema!
Er:	*Bestürzt:* An Zwanzger? Spinnst du? De wern ja Millionäre an Weihnachten, besser gsagt Müllionäre, wos d'Müllabfuhr betrifft! Verstehst? Müllionäre – des is a Wortspiel!
Sie:	Haha! Sehr witzig! Lass mi des macha mit dem Geld, do kenn i mi besser aus! Sag mir du den Text für d'Kartn!
Er:	Ja kruzenäsn, warum willst du denen a Kartn schreim? Langt doch der Haffa Geld scho!
Sie:	I hob mit de Nachbarinnen gred, de schreim alle a Kartn! Und i will ned, dass uns de Dienstleister überall ausrichten, weil mir z'geizig oder z'bläd san zum Kartn schreim!
Er:	De solln uns vo mir aus ausrichten! Des is mir vollkommen wurscht!
Sie:	*Beruhigend-motivierend:* Jetza kimm, de paar Sätze falln dir doch no locker ei! Braucht ja nix Bsonders sei, bloß a paar anerkennende Dankesworte für den Service des ganze Jahr!
Er:	*Gnädig:* Na guat! Also, fangma mit da Müllabfuhr o – schreib:
	„Jede Woch' seid ihr gekommen,
	habt unseren Dreck an euch genommen!

	Wir wünschen euch zum Fest das Beste,
	hernach holt ihr dann unsere Reste!
	Viel Glück auf eurer Entsorgungstour,
	Gott schütze die deutsche Müllabfuhr!"
Sie:	*Gerührt:* Mei, is des schee! Do werns a Freid hobn, die Männer in Orange!
Er:	Owa mehr Freid hamms bestimmt mit dein Zwanzger!
Sie:	Trotzdem – des is a ganz a scheens Gedicht! So, und jetza no fürn Postbot, dann hammas wieder für heier! Wos schreima dem drauf?
Er:	Postbot ..., hm, ... wos kanntma dem schreim? Wart, glei hobes! Äh ..., jetza, schreib:
	„Selbst bei kaltem Wind aus Ost
	bringst du uns unsre Post!
	Auch bei nassem Hauch aus West,
	darum: Hab ein frohes Fest!"
Sie:	*Skeptisch:* Naja, da hast scho bessere Gedichte gschriem! Und wos is mit Süd und Nord?
Er:	Süd und Nord brauchts ned, aus de Richtungen kimmt da Wind eh selten! Und irgendwann is des genialste Hirn ausgelaugt! I war jetza dermaßen kreativ, i brauch a Erholung! Schreib und aus, der lest den Schmarrn eh ned! Der nimmt sein Zwanzger und wirft de Kartn in unser Papiertonne!
Sie:	Also guat, dann schreibes. *Schreibt den holprigen Weihnachtsgruß an den Postboten.*
Er:	Wars des dann?
Sie:	Ja, des waars dann gwesn! Danke dir!
Er:	Gern gschehn! Oa Gedicht hätt i no!
Sie:	Für wen nacha?
Er:	Für di!
Sie:	*Geschmeichelt:* Für mi? Für Weihnachten?
Er:	Naa, für glei:
	Mei Hirn is dodal ausgedirrt,
	drum geh ich jetzt zum Unterwirt.
	Dort kauf ich mir eine Halbe Bier,
	obwohl, ich glaub, es werden eher vier!

Festmahl für Tante Resi

Sie: Du, Franz, in vier Wochen is doch Weihnachten!
Er: Do segst, wia die Zeit vergeht! War doch erst Pfingsten!
Sie: Naja, des is scho a Weil' her. Du, i hätt heuer fürn Heiligen Abend a Idee.
Er: A Idee? Wos für a Idee?
Sie: A Idee, wia mir heuer den Heiligen Abend gestalten, a ganz a bsondere Idee!
Er: Woasst wos: Den derfst du gestalten, wia du magst! I mach alles mit, Hauptsach, es is harmonisch und es wird ned gstrittn. Weil da Heilige Abend is saugfährlich aaf dem Gebiet, des is in da Zeitung gstandn! Am Heiligen Abend hats scho Totschlag geben zwischen Ehepartnern! Oder no schlimmer: Scheidungen!
Sie: Achwo, gstrittn wird ned. Owa de Idee, de wos i hob, de sollten wir scho vorher besprechen, weil es geht ned nur um uns zwoa, sondern no um wen!
Er: No um wen? Um wen denn no?
Sie: Um dei Verwandtschaft!
Er: *Argwöhnisch:* Um mei Verwandtschaft? Wieso um mei Verwandtschaft?
Sie: Vor sechs Monat is doch dei Onkel Herbert gstorm.
Er: Ja scho, owa wos hod des mit unsern Heiligen Abend zum dua?
Sie: Ja, weil doch jetza d'Tante Resi seitdem ganz alloa is. Kinder hamms koane ghabt und jetza sitzts am Heiligen Abend ganz einsam dahoam mit ihre 83 Johr!
Er: Jamei, de is des doch inzwischen gwöhnt, san ja doch scho sechs Monat!
Sie: Des mog scho sei, owa i glaub, des erste Weihnachten ohne Onkel Herbert, des is bestimmt schlimm für sie. Und drum hob i mir denkt, dass mir sie zu uns einladen.
Er: Am Heiligen Abend?
Sie: Ja genau! Woasst, dassma schee gmiatlich essen mit ihr und a weng ratschen und a weng Fernseh schaun. Und wenns miad wird, dann konns im Gästezimmer übernachten.

Er:	Aso moanst – mei, wennst moanst, also i hob nix dagegen. Lads ei, dann hamma a weng a Unterhaltung!
Sie:	Einladen muasstas scho du, weil sie is dei Tante und ned meine.
Er:	I? Ja, wia soll i denn des macha? Soll ihr a Einladung schicka oder wos?
Sie:	Doch ned schicka, ruafs halt einfach o! Sagst ihr, dass uns gfrein daad, wenns kimmt und dass i wos Guads zum essen koch und dassma uns an gmiatlichen Abend macha!
Er:	Ja guat, dann ruafes glei o, weil wos erledigt is, is erledigt. *Greift zum Hörer und wählt Tante Resis Nummer.*
Tante:	Ja?
Er:	Griasde, Tante Resi! I bins, da Franz!
Tante:	Wer?
Er:	Da Franz! Kenntstmi ned? *Leise zu seiner Frau:* „Wer?", sagts! De kennt mi ned momentan. Ja mei, 83 Johr san 83 Johr, des lasst ned aus, hirnmäßig!
Tante:	Hallo? Wer is dran?
Er:	*Etwas lauter:* Da Franz!
Tante:	Da Franz? Is des a Trick? I überweis fei nix! Und zum Geldabholn braucht aa koaner kema, i mach ned aaf!
Er:	Wos? *Sieht zu seiner Frau und tippt sich vielsagend an die Stirn.*
Tante:	Weils in da Zeitung gschriem hamm, dass des a Trick is! Do ruaft jemand o und sagt, dass er a Enkel is oder sunstwos und sagt, dass er dringend a Geld braucht, weil ebbs passiert is, und dann kimmt jemand und holt des Geld, owa des san lauter Verbrecher, meistens aus Rumänien!
Er:	*Mit frustriert verdrehten Augen leise zu seiner Frau:* De moant, i bin a Betrüger aus Rumänien und will a Geld vo ihr, des is zum Verzweifeln mit so alte Weiber! De san krankhaft misstrauisch! Wos soll i jetza sagen?
Sie:	Sag ihr, dass du koa Geld ned willst vo ihr und dass nix passiert is! Dann is glei beruhigt!
Er:	Tante Resi, i will koa Geld! Mir geht's guat finanziell und passiert is aa nix, alles is in bester Ordnung!
Tante:	*Erfreut:* Dann is recht! Des gfreit mi! Also nacha, pfiad di Gott! *Legt beruhigt auf, weil alles in Ordnung ist.*

Er:	*Zu seiner Frau:* Jetza hods aafglegt!
Sie:	Wia aafglegt?
Er:	Den Hörer, des Telefon! De hod einfach aafglegt!
Sie:	Warum hods aafglegt?
Er:	*Leicht grantig:* Des woass doch i ned! I hob gsagt, dass mir guat geht und sie hod gsagt, dass des gfreit und hod aafglegt. Wahnsinn! Man glaubt, man is im Narrenhaus!
Sie:	*Ebenfalls leicht grantig:* Ja, sag amal! Kannst denn du ned amal mit deiner Tante telefoniern?
Er:	Ja Mensch, do kann doch i nix dafür, wenn des Horn einfach aaflegt! I hob ja des Gespräch ned beendet, sie wars!
Sie:	Ruaf's noml o! Und pass aaf, dass sie dir ned wieder aaflegt! A telefonische Einladung fürn Heiligen Abend, des konn doch ned so schwierig sei!
Er:	Also guat! *Wählt erneut.*
Tante:	Ja?
Er:	Servus, Tante Resi! I bins wieder, da Franz!
Tante:	Du scho wieder! Brauchst jetza doch a Geld?
Er:	Naa Tante, i ruaf ja wega ganz wos anderm o.
Tante:	Wega wos anderm? Wega wos nacha?
Er:	Heuer im Juni is doch da Onkel Herbert gstorm …
Tante:	*Argwöhnisch:* Woher woasst denn du des?
Er:	I war doch aaf da Beerdigung! Des war doch mei Onkel!
Tante:	Dei Onkel? Ja, dann, dann bist ebba du da Franz?
Er:	Ja genau! Da Franz bin i! Da Bua vo deiner Schwester, vo da Erna. *Erleichtert zu seiner Frau:* Jetza kennts mi erst!
Sie:	Zeit is worn!
Tante:	*Erfreut:* Da Franz! Des gfreit mi, dass du di amal rührst! Wos is denn los?
Er:	*Flüsternd zu seiner Frau:* Jetza hodses kapiert! Gottseidank! Jetza woass sie definitiv, wer i bin!
Sie:	Toll! Des host super gmacht! Lads glei ei, bevors wieder aaflegt!
Er:	Ja, machi scho! Owa i konn ned glei mit da Tür ins Haus falln. An älteren Menschen muassma vorbereiten, sunst erschrickt er!
Tante:	Ha? Wos sagst?

Er:	Naa, Tante, i hob bloß mit da Traudl gred! Kennst du d'Traudl?
Tante:	No freilich kenn i d'Traudl! Des is dei Frau. Ja moanst du vielleicht, i bin bläd oder wos?
Er:	*Wieder flüsternd und mit erhobenem Daumen zu seiner Frau:* Sie kennt di!
Sie:	Des will i hoffa! Owa jetza lads endlich ei! Des dauert ja a Ewigkeit, bis du amal zum Thema kimmst! *Schüttelt tadelnd den Kopf.*
Er:	*Leicht gereizt:* Jetza lass dir halt derzeit! *Zur Tante:* Also, Tante Resi: D'Traudl und i, mir daaderten di gern heuer am Heiligen Abend zu uns einladen. Wos sagst?
Tante:	*Gerührt:* Ehrlich? Mi? Zu eich? Mei, des is owa schee von eich! Dann waar i ned so alloans! Weil, mei Herbert is ja gstorm heuer. Omei, mei Herbert! 89 Johr war er erst! So jung, des hätts ned braucht! *Schluchzt.*
Er:	*Mit zugehaltenem Hörer zu seiner Frau:* Ach du Scheiße, jetza fangts's Flenna o! Wegan Onkel Herbert!
Sie:	Red schnell weida! Lenks ab!
Er:	Also, magst kema, Tante Resi? I daad di dann am Heiligen Abend mitm Auto abholen.
Tante:	*Wieder freudig:* Ja gern! Wann?
Er:	*Zu seiner Frau:* Wann?
Sie:	So umara fünfe?
Er:	So umara fünfe, Tante Resi?
Tante:	Des passt!
Er:	*Mit erhobenem rechten Daumen zu seiner Frau:* Des passt! Fünfe passt!
Sie:	Guat! Sog ihr, sie soll ja dahoam vorher nix essen, gell! Weil es gibt bei uns wos Guads zum essen! Sogs ihr!
Er:	Und iss fei dahoam nix, Tante Resi, gell! Weil es gibt bei uns wos Guads zum essen! Do wirst spitzen! *Grinst seiner Frau stolz und befriedigt zu.*
Tante:	Ah geh! Wos nacha?
Er:	*Zu seiner Frau:* Wos nacha?
Sie:	Äh ..., mei ..., a Gans! Sog a Gans!
Er:	A Gans!

Tante:	A Gans? Oh, des is nix für mi. De is z'fett! I hobs doch dermaßen mit da Galle! A Gans kimmt für mi ned in Frage, da is mir drei Dog schlecht! Dann iß i liawa dahoam no wos, bevor du mi abholst.
Er:	Naa, Tante Resi, des brauchts ned! Wart amal, i red schnell mit da Traudl wega Alternativen! *Zu seiner Frau:* A Gans is nix! Sie derf ned fett essen wega da Galle! Do is ihr drei Dog schlecht! Des kinnma ned vo ihr verlanga, de ganzen Feierdog Übelkeit!
Sie:	Achso! Hm …, tja …, dann, dann an Sauerbraten? A Rindfleisch, des waar ned fett. Sog an Sauerbraten!
Er:	Tante, dann daad d'Traudl an Sauerbraten macha. Der waar ned fett, weil des waar ja a Rindfleisch. Was sagst, ha? A Sauerbraten is doch okay, oder? Mit Knödel und Blaukraut! Des is a Klassiker!
Tante:	A Sauerbraten is aa nix!
Er:	Is aa nix?
Tante:	Naa, weil a Rindfleisch, des konn i ned beißen! Woasstas no, beim Leichtrunk vo mein Herbert? War a so a scheene Beerdingung, owa der zache Rinderbraten, der hod alles verdorben! Mir war der ganze Dog versaut wega dem Rinderbraten! I hob den nicht owebracht, so zach war der! Naa, an Sauerbraten konn i am Heiligen Abend ned essen! Owa essts ihr ruhig an Sauerbraten, i iß dann dahoam no wos!
Er:	Kimmt nicht in Frage, du isst bei uns! Wart, i red noml mit da Traudl! *Zu seiner Frau:* A Rindfleisch konns ned beißen! Woasstas no, wos des bei da Beerdigung vom Onkel Herbert für a Drama war? Am Grab hods ned gflennt, owa beim Essen – vor lauter Zorn über des zaache Rindfleisch! Wos machma dann? An Pudding?
Sie:	An Pudding! Am Heiligen Abend an Pudding! I glaub, du spinnst! Du waarst so schlecht und daadst deiner Tante an Pudding histelln! Naa, wart, dann machma a Putenschnitzel. Des is mild und ned fett, des miassert passen! Sog a Putenschnitzel!
Er:	*Begeistert:* Putenschnitzel is guat! *Zur Tante:* Tante Resi, jetza hammas: A Putenschnitzel! Des is ned fett und beißen

	konnst des aa. Ha, wos sagst? A Putenschnitzel is doch ideal!
Tante:	*Sehr bestimmt, fast bockig:* Nein, sowos iß i ned!
Er:	*Geschockt:* Ned? Wieso ned?
Sie:	Wos is denn los?
Er:	A Putenschnitzel issts ned!
Sie:	Wieso ned?
Er:	Des hobes ja grad gfragt! Wart, glei sagtses!
Tante:	Ein Putenfleisch iß i ned, weil am Fernseh hamms gsagt, do hamms amal oans untersuacht, do war a Hormon drin und no a Antidingsbums! Sowos iss i ned, pfui Deifl!
Er:	Ja, owa des konnma doch ned verallgemeinern, Tante Resi! Bloß weils do oamal irgendwos gfundn hamm! De finden doch überall irgendwos!
Sie:	Wos is denn los?
Er:	*Mit zugehaltenem Hörer:* Sie isst keinesfalls a Pute!
Sie:	Warum jetza des?
Er:	Wega de Hormone und an Antidingsbums!
Sie:	Wos? Spinnts jetza komplett?
Er:	*Genervt:* I konn ja aa nix dafür, des hods angeblich am Fernseh gseng.
Tante:	Ihr kinnts ruhig a Putenfleisch essen, wenns wollts, owa i iß koans, weil i will no länger leben!
Er:	Wart, i red noml mit da Traudl! *Zu seiner Frau:* Sie will no länger leben, sagts!
Sie:	Mit 83? Ja super!
Er:	Mei, do konnst nix macha! Wos kanntma denn nacha kocha, ha?
Sie:	Des is wirklich ned einfach!
Tante:	Hallo?
Er:	Ja, glei, Tante Resi! D'Traudl und i redma bloß kurz.
Sie:	Fondue und Raclett falln aa weg, weil erstens kennts des ned und zwoatens is des dann aa z'fett! Dann hamma wieder des Gallenproblem!
Er:	Und an Fisch?
Sie:	Mensch, genau! A Fisch is super! Sog an Fisch!

Er:	*Stolz:* Tante Resi, jetza hammas: An Fisch! A Fisch is doch wos Gsunds! Und den konnst beißen und der is ned fett! Magst an Fisch, ha?
Tante:	*Panisch:* An Fisch? Bloß ned! Do erstick i an de Graatn! I iß scho lang koan Fisch mehr, scho seit da Herbert nimmer is! Weil wenn i mi stick, is keine Sau do, de mir helfa konn! Naa, an Fisch ned!
Er:	*Spontan:* Und an Tintenfisch? Der hod koane Graatn ned!
Tante:	Den kenn i ned! Und wos i ned kenn, friß i ned!
Er:	Tja, is klar! Wart kurz, Tante Resi, i red noml mit da Traudl!
Sie:	Ja kruzenalln, wos is denn jetza wieder?
Er:	An Fisch issts ned wega de Graatn. Sie fürcht, dass derstickt! Und an Tintenfisch kennts ned und wos sie ned kennt, des frisst sie ned! Des is echt ned einfach mit ihr!
Sie:	Des konnst laut sagen! Des wenn i gwisst hätt, dann hättmas ned eingladen! Owa jetza kinnma nimmer zruck! Woasst wos: Sog an Salatteller! Do konns doch nix dagegen haben, oder?
Er:	Des stimmt, koa Mensch konn gega Salat ebbs sagen! *Zur Tante:* Jetza hammas, Tante Resi: An Salatteller machma! Der is ned zach, der is ned fett, der hod koane Graatn und kenna duastna aa! Wos sagst?
Tante:	Ja um Gottes Willen! Alles, bloß koan Solod ned! Aaf Solod kriag i wahnsinnige Blähungen, do hätts echt koa Freid mit mir, des sog i dir!
Er:	*Zu seiner Frau:* Salat geht aa ned, der blaahts! Und des seg i ned ei, dass i mir am Heiligen Abend de ganze Bude vollstinka lass vo dera! Sei mir ned bös!
Sie:	Do host aa wieder recht! Mensch, is des schwierig! Weil dann san Würscht mit Kraut vo Haus aus nix, weil do daadses dann wahrscheinlich direkt zreissn! Hm ..., und a Kuchen?
Er:	Soll ihr des vorschlagen?
Sie:	Ja, sog an Kuchen!
Er:	Und an Kuchen, Tante Resi? Wos sagst zu einem Kuchen? Und dazua an scheena Kafä! Ha, des waar doch wos!

Tante:	An Kuchen vertrag i ned. I woass ned, is des des Backpulver oder der Zucker oder des Mehl oder alles gemeinsam. Auf jeden Fall kriag i aaf Kuchen allaweil unheimlich Sodbrenna! Do waar mir der ganze Heilige Abend verdorben! Do san ja Blähungen no gscheider, de brennen wenigstens ned! Bitte koan Kuchen!
Er:	Achso, ja dann, dann is a Kuchen natürlich nix.
Sie:	Warum is a Kuchen nix?
Er:	*Flüsternd:* Do brennts da Sod!
Sie:	Ja Mensch Meier! Mi wunderts direkt, dass de no ned dahungert is! I woass echt nimmer, wosma mir dera anbieten kanntn. *Überlegt.* Hm ..., du, a Quarkspeise kannt i macha! Aso a festliche Quarkspeise, mit so weihnachtliche Zutaten drin: Feigen, Mandeln, Orangen, Zimt – des waar doch ned schlecht.
Er:	Noja, Würscht waarn scho besser, owa i daads dann scho mitessen, des Quarkzeig. Soll ihrs vorschlagen?
Sie:	Sogs ihr! Sog a festliche Quarkspeise!
Er:	Tante Resi, jetza hobi wos ganz wos Feins: A festliche Quarkspeise! Mit weihnachtliche Sachen drin, so Früchte und a Zimt! Ha, des magst doch, oder?
Tante:	Des mog i scho!
Er:	*Überglücklich zu seiner Frau:* Des mogs!
Sie:	Na endlich!
Tante:	Owa vertragen dua i des ned! I konn keinesfalls Milchprodukte essen wega meiner Laktoseintoleranz!
Er:	Achso, de host aa? Bist du do gar ned tolerant?
Tante:	Null! Dodal intolerant!
Sie:	Wos isn jetza scho wieder?
Er:	*Flüstert:* Sie vertragt koa Milch ned, es is zum Kotzen! Sie hod des Laktosezeig, des wos momentan so modern is!
Sie:	Also, dann fallt mir wirklich nix mehr ei. Dann woass i beim besten Willen ned, wos i für d'Tante kocha soll! Weil eigentlich gibt's nix, wos sie mog.
Er:	Und wenn sie wos mog, dann vertragtses ned oder sie konns ned beißen!
Sie:	Genau!
Er:	Ja, und wos soll ihr dann jetza sagen?

Sie:	Frags amal, wos sie überhaupt isst!
Er:	Echt? Des is fei gfährlich! Hernach sagts Haferschleim, dann kinnma mir am Heiligen Abend des Glump fressn!
Sie:	Ach geh, de sagt doch ned Haferschleim! Jetza frags amal!
Er:	Also guat, auf dei Verantwortung! *Zur Tante:* Tante Resi, sags einfach, wos du gern essen daaderst am Heiligen Abend! Des richtma dann her und dann essmas alle drei!
Tante:	Ehrlich? I traus mir gar ned sagen.
Er:	Sags ruhig, Tante Resi, sags ruhig! Wos wünscht du dir als festliche Speise am Heiligen Abend?
Tante:	Wenn i ganz ehrlich bin: An Eierlikör!

Lyrischer Apfent

Apfent, Apfent, ein Lichtlein brennt
bin im Galopp ins Kaufhaus grennt,
weil i hob no gar koa Geschenk
für meine Gattin und i denk:
„Bevor, dass i des ganz vergess,
kaafes glei, dann gibt's koan Stress!"
So hätt' ich eigentlich gemeint,
doch dann triff i an alten Freind,
direkt vorm Kaufhaus aaf da Straß,
der sagt: „Jetza kaffma uns Mass!"
„Kare", sog i, „des is schlecht,
zeitlich passts mir heit ned recht!
I brauch a Weihnachtsgschenk für's Wei,
woasstas ja, wias is, de mei!"
„A geh", sagta, „wos soll die Eile?
Hamma doch no a ganze Weile!"
Do hod er recht – drei Wochen no,
i daad song, des schaffi scho!
Gesagt, getan, scho sitzma mir
beim Unterwirt bei einem Bier,
insgesamt warns deren vier!

Apfent, Apfent, zwei Lichtlein leuchten
an einem Sonntag, einem feuchten.
Und weils dazu gefroren hat,
wird's auf den Straßen furchtbar glatt!
Da brauch i dringend Winterreifen,
des wird ein jeder Mensch begreifen!
Tags drauf zum Reifenhändler Sepp,
natürlich steht do heit jeder Depp,
darüber ärgere i mi sehr,
Hinz und Kunz kimmt dann daher,
akkrat wenn i neie Reifen brauch,
brauchens de Hanswurschtn auch!
Vor allen Dingen hod mi heit,
da Chef extra vom Dienst befreit,

er hod gsagt: „Also dann, bis morgen!
Tuns Reifen wechseln und Geschenke bsorgen!"
Der hod koa Ahnung und red sich leicht,
weil da ganze Dog grad für d'Reifen reicht!
Owa guat, noch ist es nicht zu eng,
zwoa Wochen sans no und i denk:
„Naxte Woch kaaf i des Gschenk!"

Apfent, Apfent, drei Lichtlein blitzen
und i fang langsam an zu schwitzen!
Hätt i a Gschenk, dann wars mir lieber,
owa i hob ganz wos anders: Fieber!
Mei Wei und d'Kinder, de ganze Sippe
rotzt und schneizt und hod die Grippe!
I kann unmöglich in die Stod,
weil des waar mei sicherer Tod!
I konn vor Schwäche kaum no steh,
friss pfundweis Honig und saaf Tee.
Do vergeht dir jede Freid,
bei Bronchoform und Medinait!
An Einkauf vo de Weihnachtsgschenka
is überhaupt ned dro zum denka!
I schneiz und i sog „Gottseidank
is bis zum Fest no ziemlich lang!
De Drecksgrippe, de is bald vorbei
dann kaaf i alles ei fürs Wei!"
So hab ich es mir gedacht,
hab meine Frau nett angelacht
und zu ihr gsagt: „Guade Nacht!"

Apfent, Apfent, vier Lichtlein strahlen
und ich leide Höllenqualen!
Körperlich bin i wieder fit,
psychisch nimmts mi ziemlich mit,
i will wos kaufa, owa woass ned, wos,
bin komplett orientierungslos!
An wos hod mei Gattin eine Freid?
A Dinner mit an Candle Light?

An Schmuck, an Schal oder a Uhr?
Für ihre Bandscheim eine Kur?
I daad ja wirklich alles zohln,
wenn i wissert, wos de Weiber wolln!
Jeds Johr is des gleiche Gfredd,
wos i kaaf, des passt ihr ned!
Schenk i fürn Haushalt wos, dann sagt sie gwiss,
dass des ned romantisch is,
amal hob i Dessous kafft, transparent,
hods mi einen Saubärn gnennt!
Meine Nerven liegen langsam blank,
owa zwoa Dog hob i no, gottseidank!
I geh morgen um a Geld aaf d'Bank!

I hob ihr dann 200 Euro gschenkt
und mit an Schleiferl an Christbaam ghängt,
Des Bargeld war ihr gar ned zwider,
i glaub, des schenk ihr nächsts Johr wieder,
und is sie des ganze Johr recht brav,
und schimpft ned, wenn i fünf Weißbier saaf,
 dann leg i no an Fuchzger draaf!

In vielen Städten und Gemeinden bilden sich Initiativen, die dafür sorgen (sollen), dass etwas los ist in der Gemeinde, dass sich „etwas rührt". Die Namen dieser Initiativen sind oft ähnlich – sie nennen sich Werbekreis, Werbezirkel oder auch Werbegemeinschaft. Man trifft sich regelmäßig, zumindest in der euphorischen Anfangsphase, später dann in der Regel nur mehr mäßig. Bei diesen Zusammenkünften bespricht man, welche Events in Angriff genommen werden sollten, um für Action und vor allem für Umsatz zu sorgen. Und jedes Kind weiß, welche Zeit die umsatzstärkste ist – genau, die Vorweihnachtszeit! So bleibt es nicht aus, dass man auch in der Sitzung des Werbekreises der aufstrebenden Landgemeinde Hundling ein Thema zur Sprache bringt, das zwangsläufig mit der Adventszeit verbunden ist:

Der Christkindlmarkt

Vorsitzender: Ich begrüße euch alle zu unserer heutigen Sitzung des Werbekreises Hundling und stelle fest, dass von 12 Mitgliedern *zählt kurz durch* insgesamt 13 anwesend sind. Wie gibt es das? Des is ja mathematisch praktisch unmöglich! Weil dann waarma mehr, als wie wir san!

Huber: I glaub, du host die Presse mitzählt!

Vorsitzender: *Klopft sich mit der flachen Hand an die Stirn.* Jessas naa, genau! Da Sepp is für d'Presse do! Sepp, habe die Ehre! Schee, dass du do bist! Schreib wos Gscheids eine in d'Zeitung, gell!

Sepp: Alles klar! Fang o, i muass heit no zur Jahreshauptversammlung vom Schützenverein, de hamm Neuwahlen und do kriselts! Da Kassier hod wos mit da Frau vom 2. Vorstand – delikat!

Vorsitzender: *Lacht hämisch.* Jaja, de Weiber! Kein Problem, Sepp, kein Problem! Mir hamm heit auf da Tagesordnung bloß „Aktivitäten im bevorstehenden Winter", des geht ruckzuck, des hamma glei! Es geht im Prinzip bloß drum, wos wir im Advent für Aktionen starten, eventmäßig.

Huber: *Meldet sich eifrig zu Wort.*

Vorsitzender: Ja, Huber? Wos is?

Huber:	Also, wos mir auffallt: Inzwischen hod jedes Dreckskaff an eigenen Christkindlmarkt! Jedes Bauerndorf!
Meiller:	Do host du recht, Huawa! Jeds Kuahdorf macht an Christkindlmarkt! Denen fallt aa nix Gscheits ei!
Winklmann:	Zum Kotzen is des! Wos hod denn des no mit Weihnachten zum dua? Mit da Geburt Jesu! Es geht doch bloß allaweil um d'Fresserei und d'Sauferei bei de Christkindlmärkte! Da christliche Aspekt interessiert koa Sau ned!
Wimperer:	Des stimmt! Do wird gfressn und gsuffa aaf Deifl kimm aussa! I konn des bezeugen, weil mi hätts letzts Jahr am Christkindlmarkt in Oberfrunzing bald zrissn! Vier Paar Bratwürscht und drei Glühwein, des is im Bauch wia a Nitroglycerin, hochaktiv, des will ausse! Guat, dass do a Dixieklo war, bis dahoam hättes nimmer gschafft!
Meiller:	Dann kanntma eigentlich mir aa an Christkindlmarkt macha, oder? Wenns alle machen!

Einhelliges zustimmendes Raunen im Raum. Man hört Bemerkungen wie „wos die kinna, des kinna mir aa" oder auch „do geht wos". Diejenigen Mitglieder, die ökonomisch erfahren sind, werfen zurecht ein „gfressn und gsuffa wird immer" in die Runde.

Vorsitzender:	Aus den Kommentaren daad i schließen, dass die Mehrheit dafür is, dass mir einen Christkindlmarkt abhalten.
Zoglbauer:	Wenn des jeds Dreckskaff konn, dann kinnmas mir aa!
Vorsitzender:	Du willst owa damit ned song, dassma mir a Dreckskaff san, Zoglbauer?
Zoglbauer:	Keinesfalls, im Gegenteil! De andern san oans, mir ned!
Vorsitzender:	Dann is recht! Dann daad i song, mir machen einen Christkindlmarkt! Und i frag dann bei da Gemeinde nach, wiaviel Zuschuß dass mir kriegen daaderten! Weil ohne Zuschuss wird's schwierig, vor allem finanziell!
Sepp:	Alles klar! Dann schreib i in d'Zeitung eine, dass nach eingehender Diskussion ein Christkindlmarkt beschlossen wurde und dass die Gemeinde einen beträchtlichen Zuschuß zahlt! Dann machma jetza no schnell a Foto, dann hau i ab zu de Schützen!

Vorsitzender:	*Hämisch grinsend:* Nach Sodom und Gomorrha praktisch, wo jeder mit seiner Flinte im fremdem Revier schießt. Hähähä! Verstehst scho, wos i moan!
Sepp:	Haargenau! Also ...
Koller-Vrbic:	Ja Moooment! Wir müssen da schon noch eingehender darüber reden!
Vorsitzender:	Über wos nacha?
Koller-Vrbic:	Über das Konzept!
Zoglbauer:	Konzept? Wos für a Konzept? A Christkindlmarkt is a Christkindlmarkt, do brauch i doch koa Konzept ned! Also sans mir ned bös, Frau Koller, owa ...
Koller-Vrbic:	Koller-Vrbic bitte! Ich habe meinen Geburtsnamen nicht angefügt, damit er dann verschwiegen wird!
Huber:	*Leise zu Winklmann:* Da Koller Rudi hod aa koa Glück ned ghabt mit dera Goass! *Winklmann nickt zustimmend.*
Zoglbauer:	... Frau Koller-Vrbic! Sans mir ned bös, owa Sie warn doch bestimmt aa scho amal aaf an Christkindlmarkt. Do hamms doch gsehn, wias do zuageht! Do brauchtma was zum essen und zum trinka, koa Konzept!
Koller-Vrbic:	Natürlich! Aber trotzdem sollte man sich vorher Gedanken darüber machen, was man den Besuchern anbietet! Nicht immer so Nullachtfuchzen, schon was Besonderes!
Huber:	An Glühwein halt! Also an Glühwein aaf jeden Fall, weil der is traditionell!
Winklmann:	Historisch direkt!
Meiller:	Ohne Glühwein brauchst gar ned ofanga! Aa wenn d'Winter nimmer so kalt san, owa da Glühwein geht immer!
Koller-Vrbic:	Mit Alkohol?
Vorsitzender:	*Lacht.* Des war jetza a guada Witz, Frau Koller-Vrbic! Sie hamm fei mords einen Humor, man möchts ned glauben, wennma Sie aso segt!
Koller-Vrbic:	*Ernst:* Das hat mit Humor nichts zu tun!
Vorsitzender:	*Lacht immer noch.* Und ob! Des is doch lustig – a alkoholfreier Christkindlmarkt, des is doch a super Witz!
Koller-Vrbic:	Wieso Witz? Ich hatte das nicht als Witz gedacht!
Vorsitzender:	Ned? Dann war des Ihr Ernst oder wos?

Koller-Vrbic:	*Engagiert:* Natürlich! Man könnte doch mal vom üblichen Saufgelage wegkommen und einen alkoholfreien Weihnachtsmarkt veranstalten! Das wär doch mal was!
Wimperer:	*Schockiert, fast hilflos:* Ja, owa …, wia soll denn des dann geh? Ohne Alkohol? Do geht doch koa Mensch ned hi, ohne Attraktion!
Zoglbauer:	Ja eben! I gfrei mi scho allaweil des ganze Jahr aaf den Glühwein! Des is für mi Weihnachtsstimmung pur! Jesu Geburt und Glühwein, des is a Ding, a Symbiose! Des is wia Ostern und Eier oder Silvester und Rausch!
Meiller:	Genau, Zoglbauer, des seh i aa aso, vom christlichen Standpunkt aus!
Vorsitzender:	Da hören Sie es, Frau Koller-Vrbic! Des is a Schnapsidee mit dem alkoholfrei.
Meiller:	*Lacht.* Des is super, Herr Vorsitzender! Schnapsidee mit alkoholfrei – direkt a Wortspiel, weil Schnaps und alkoholfrei, des beissste, des passt ned zamm!
Koller-Vrbic:	*Verstimmt, zickig:* Das finden Sie lustig, Herr Meiller? Schnaps und alkoholfrei – über sowas können Sie lachen?
Meiller:	*Unsicher, verlegen:* Äh …, ja, also eigentlich scho. I konn fast über alles lacha! Vorigs Mal bei da Beerdigung vom Kumpfl Heinz is dem Feierwehrkommandanten bei da Kranznieederlegung ein mords Kopperer auskemma, übers Mikrofon! Mensch, hob i glacht! Des hätt dem Kumpfl Heinz bestimmt aa gfalln, owa der war ja leider tot. Schuld war er selber, der Kommandant, weil er vorher scho wieder a Weizen trunka hod! Dann is eam vor Aufregung die Luft entwichen, gottseidank nach oben!
Koller-Vrbic:	Na toll! Ihnen kann man ja sehr leicht eine Freude machen! *Meiller schaut beschämt zu Boden, da er sich irgendwie als Hanswurst geoutet fühlt.* Im Ernst, meine Herren: Sie sagen mit Recht, dass jedes Kaff heutzutage einen Weihnachtsmarkt hat. Gerade deshalb müssen wir uns von der Masse abheben – mal was Anderes, was Alternatives, was Neues, mit Aha-Effekt! Das mit dem alkoholfreien Glühwein war ja nur ein Vorschlag. Man

	kann ja auch etwas anderes machen, was von den üblichen Weihnachtsmärkten abweicht!
Huber:	*Wie alle anderen erleichtert:* Achso! Ja dann! Über sowas konnma natürlich reden! Also do gib Eahna recht, Frau Koller-Vrbic: Es muass ja ned unbedingt alkoholfrei sei!
Koller-Vrbic:	Nein, muss es nicht! Es gibt auch andere Möglichkeiten.

Spontaner Applaus aller Anwesenden, durchsetzt von „Jawolls", „Bravos" und „Genaus".

Sepp:	*Drängend auf seine Uhr blickend:* Mensch Leit, i miasert furt! Kinnma ned schnell des Foto macha und dann hau i ab! I schreib dann einfach, dass es einen Christkindlmarkt geben wird mit vielen Überraschungen, des passt immer!
Vorsitzender:	Aso machmas, Sepp! Wenn no wos waar, daad i di morgen oruafa, gell! So, jetza schauts amal alle konzentriert, dass da Sepp a scheens Bildl macha konn!

Alle blicken hochkonzentriert zu Sepps Kamera, dieser macht sein Foto, bedankt sich und verschwindet zur Schützenversammlung, voller Vorfreude auf etwaige private Fehden zwischen den schießwütigen und heißblütigen Würdenträgern.

Vorsitzender:	So Leit, jetza machma wieder weida! Also, Frau Koller-Ding, wos waar dann Ihrer Meinung nach vorstellbar als Attraktion?

Alle blicken gebannt, fast ängstlich in Richtung Koller-Vrbic in der Hoffnung, dass von dieser nicht wieder ein so zermürbender Vorschlag kommt wie die unvorstellbaren alkoholfreien Getränke.

Koller-Vrbic:	*Genießt die Aufmerksamkeit.* Naja, zum Beispiel eine lebende Krippe! Mit echten Menschen und Tieren!
Vorsitzender:	*Nach kurzem ehrfurchtsvollem Schweigen aller Anwesenden angesichts des eben so genialen wie unerwarteten Vorschlages:* Also des is a Idee! De is super, de hod wos! Hut ab!

Meiller:	Des find i aa! Mit echte Menschen, des is dann direkt a Event! Und i hätt glei an Vorschlag: Mei Enkel, da Ben, der kannt's Jesukindlein spielen, der is erst drei Wochen alt, der waar ideal! A Paradekindlein!
Winklmann:	Owa im Advent waar er dann scho älter!
Meiller:	Des scho, owa immer no a Säugling!
Zoglbauer:	*Grinsend zu Meiller:* Nacha machst du den Ochsen, dann bleibts in da Familie! Hähä! *Zustimmendes Grinsen aller Anwesenden, außer Meiller.*
Meiller:	Sehr lustig! Naa, im Ernst: Wenn da Ben 's Jesukindlein is, dann muass natürlich mei Tochter d' Maria sei, weil's Jesukindlein braucht a vertraute Person um sich, dass ned dauernd flennt. Und außerdem stillt mei Tochter!
Huber:	Und des macht dir nix aus, wenn do dei Tochter mitten unter de Leit ihra Brust auspackt? Also mir passert des fei ned!
Meiller:	Depp! De braucht doch des Jesukindlein ned öffentlich stillen! Wenns soweit is, dann fahrts halt schnell hoam mit eam, san ja bloß a paar Minuten!
Vorsitzender:	Genau! An dem solls ned scheitern. Verhungern braucht's Jesukindlein ned!
Zoglbauer:	*Grübelnd:* Also, i woass fei ned ...
Vorsitzender:	Wos woasst ned?
Zoglbauer:	Ob des so einfach geht mit dera Stillerei.
Meiller:	Des geht dodal einfach – BH owa und auf geht's! Des is aso a BH, do konnma jede Brust einzeln aafmacha! Es is a Wahnsinn, was heitzudogs alles gibt!
Zoglbauer:	Des is scho klar. Owa des moan i ned. I moan Folgendes: Wenn zum Beispiel a Bus kimmt mit 50 Leit, de unser Attraktion, de lebende Krippe, sehn wolln, und dann hoassts, d'Maria is mitm Jesukindlein dahoam beim Stillen, des is fei nix! Des is unprofessionell!
Wimperer:	Also, jetza muass i aa amal wos sagen: De Leit wern doch in Gottes Namen wartn kinna, bis des Jesukindlein gstillt is! Zoglbauer, wos hoasst do unprofessionell? Des is doch ganz wos Natürliches, dass a Jesudindlein amal gstillt wern muass. Gottes Sohn hungert aa! Es hoasst doch in da Bibel „und er ist Mensch geworden"

	oder so ähnlich! Und an Menschen hungert einfach zwischendurch, aa wenn er der Sohn Gottes is!
Zoglbauer:	*Hämisch:* Gottes Sohn! Jetza derfst owa aufhörn! Des is Meillers Enkel, ned Gottes Sohn! Steigerts eich ned gar aso eine! *Kopfschüttelnd:* Gottes Sohn! I glaub, i spinn!
Wimperer:	*Leicht beleidigt:* Des is mir scho klar, Zoglbauer! Moanst du, i bin bläd oder wos? Des woass i aa, des des da Schraz vom Meiller seiner Tochter is und ned der Sohn Gottes!
Meiller:	*Aufgebracht:* Schraz! Reiss di bloß zamm, Wimperer! Dua mein Enkel ned abwerten!
Koller-Vrbic:	Jetzt beruhigen Sie sich doch, meine Herren! Das ist doch alles kein Problem! Ich finde die Idee mit dem Enkel von Herrn Meiller übrigens sehr gut; das ist nämlich richtig authentisch, wenn das Kind noch so klein ist! Und allemal besser als eine Plastikpuppe!
Meiller:	*Triumphierend zu Zoglbauer:* Do segstas: Authentisch is er, mei Enkel!
Zoglbauer:	Owa a Plastikpuppn daad ned hungern! Owa im Endeffekt is mir des wurscht, wer's Jesukindlein spielt, i aaf jeden Fall ned!
Vorsitzender:	*Lacht und entspannt dadurch die aggressive Stimmung.* Du ned, do host du recht! Weil dann miasserten mir dem Jesukindlein a Halbe Bier geben! *Alle lachen, sogar Zoglbauer.*
Zoglbauer:	Des kannst laut sagen! Owa gell: Wenns ihr einen Hirten brauchts – i bin dabei!
Koller-Vrbic:	Sehr gut, Herr Zoglbauer, das nenne ich Engagement! Wir brauchen mindestens drei Hirten! Und drei Heilige Könige! Und einen Ochsen und einen Esel!
Vorsitzender:	Zum Thema Ochs und Esel sag i jetza liawa nix, weil sunst kimmt eventuell a schlechte Stimmung eine in de Diskussion!
Koller-Vrbic:	Da müssen wir natürlich echte Tiere nehmen, das ist klar!
Huber:	*Nimmt nach dem Schreiben einer langen SMS wieder an der Diskussion teil.* Auf jeden Fall! Da Sulzer Kare vom Sulzerhof, der hod doch an Haffa Viecher, der leiht uns be-

	stimmt a Kuah und an Esel! Der hod alles: Schaf, Hühner, Gäns, sogar a Hängebauchsau! An Pfau hod er aa ghabt, owa der is verreckt!
Winklmann:	Davo is er eam, ned verreckt!
Huber:	Konn aa sei! Weg is er aaf jeden Fall!
Vorsitzender:	Ja genau! Da Kare und seine Viecher! Der liebt seine Viecher! Ja guat, er hod koa Frau, so gesehen is des verständlich! Da Mensch braucht an sozialen Kontakt, aa wenns bloß a Viech is.
Koller-Vrbic:	Na, das ist doch ideal, wenn der Herr Sulzer so viele Tiere hat! Da könnten wir doch auch gleich einen Streichelzoo machen beim Christkindlmarkt!
Zoglbauer:	*Lacht:* Der Herr Sulzer! Sulzer is ja bloß da Hausnam', in echt hoasst ja da Kare Karlheinz Kellermeier! Sulzer hoassn de bloß, weil sei Muada weit und breit bekannt war für ihre guadn Sulzn!
Koller-Vrbic:	Achso!
Vorsitzender:	Ja freilich! D'Kellermeier Rosa, de hod de besten Sulzn gmacht vom ganzen Landkreis! Drum hamm d'Leit Sulzer Rosa zu ihr gsagt. Und da Bua, des war halt dann da Sulzer Kare, des hat sich vererbt, sulzmäßig! Owa Sie, Frau Ding, des mit dem Streichelzoo, des is a guade Idee! Do daadma junge Familien anlocken mit Kinder, weil a Kind mag nix so gern wie a Viech!
Wimperer:	Ja scho, owa wia is des mit da Haftung?
Vorsitzender:	Mit da Haftung? Wos für a Haftung?
Wimperer:	Ja, wenn zum Beispiel de Hängebauchsau a Kind beißt oder a Schaf a Kind umrennt, wer haftet do dann? Des Kind kannt ja verletzt wern oder sogar sei Hosn zreissn!
Vorsitzender:	*Ernüchtert:* Do hast du recht! A Viech is unberechenbar, des schnappt mittendrin und dann hamma den Salat!
Zoglbauer:	Also i glaub ned, dass da Sulzer Kare a Haftpflichtversicherung hat. Weil da Kare is do radikal – der sagt wahrscheinlich: Hätt des bläde Kind ned higlangt aaf de Sau, dann hättses ned bissn!
Wimperer:	Do hod er grundsätzlich sogar recht! Wenn i a Sau streichel, dann muass i damit rechnen, dass de beißt. Weil für a Sau is des unnormal, dass sie gstreichelt wird, de

	deutet des eventunell als Angriff! Saustreicheln is koa übliche Tätigkeit!
Vorsitzender:	Dann miassma halt dem Sulzer sagen, dass er seine Viecher versichern soll, bevors a Engagement beim Christkindlmarkt kriagn.
Zoglbauer:	Des kannst du vergessen! Da Sulzer macht des nie! Der wird sagen „wenn ihr meine Viecher auftreten lassen wollts, dann miasstses scho ihr versichern!" I kenn den Sulzer Kare, der is aso!
Vorsitzender:	Des is nix, wenn des uns wos kost! Des miassma anders regeln!
Huber:	Und wennma a Schildl hihänga, wo draufsteht „Eltern haften für ihre Kinder"?
Vorsitzender:	Des is a Schmarrn! Des waar ja nur gültig, wenn a Kind a Viech beißt und ned, wenn a Viech a Kind beißt! Also wenn a Kind praktisch des Hängebauchschwein verletzt, dann miassn die Eltern den Tierarzt zahln!
Huber:	Do hast aa wieder recht! Hm…, des is alles ned so einfach!
Koller-Vrbic:	Also meine Herren! Jetzt machen Sie es doch nicht so kompliziert! Wenn ein Kind ein Schwein beißt! Wie kann man nur auf solche Ideen kommen! Ich hab noch nie gehört, dass es bei einem Streichelzoo ein Problem gegeben hat! Wir sollten doch unseren Christkindlmarkt nicht von einer Haftpflichtversicherung für ein Hängebauchschwein abhängig machen!
Zoglbauer:	Des is leicht gsagt! Solang nix passiert, is alles Friede, Freude, Eierkuchen. Owa wehe, es is wos! Dann hoassts sofort: „Wer is verantwortlich? Is de Sau versichert oder ned?"
Vorsitzender:	Do host du recht, Zoglbauer! *Sieht auf die Uhr.* Ach du Schreck, so spät scho! I daad sagen, für heit langts! Mir hamm im Prinzip grundsätzlich eigentlich scho fast alles geklärt, wega de Details treffma uns dann in vier Wochen wieder!
Wimperer:	Des waar dann da 5. März?

Vorsitzender: Ja genau! Dann schaumer weida! Machma heit amal den Grundsatzbeschluss: Wer is dafür, dass mir einen Christkindlmarkt veranstalten?

Alle heben die Hand.

Vorsitzender: Einstimmig! Und dass mir Glühwein anbieten und Bratwürscht?

Erneute Einstimmigkeit, doch Frau Koller-Vrbic wirft noch ein „aber auch alkoholfreien!"

Vorsitzender: Natürlich, mir miassma ja auch für die Kranken wos anbieten! Notfalls an Tee! Falls jemand Grippe hod. An dem solls ned scheitern! Apropos Grippe, is wer gegen die lebende Krippe, de mit K natürlich! *Lacht.* Natürlich unter der Voraussetzung, dass des mit der Versicherung no geklärt wird! *Keine Gegenstimme erhebt sich.* Alles klar, dann waarma ja soweit scho durch mit dem Christkindlmarkt! Wega de Hirten duama a Inserat in d'Zeitung, dann kinnma am 5. März scho de Bewerbungen sondiern.
Huber: Wos schreima dann do in des Inserat eine?
Zoglbauer: Lebende Hirten gesucht, Ochs und Esel vorhanden!
Vorsitzender: Genau! Aso machmas! Also dann, die Versammlung ist geschlossen ...
Koller-Vrbic: Äh, Moment noch: Und wer kümmert sich um die Tiere vom Herrn Sulzer? Wir müssen ihn ja fragen, ob er sie überhaupt zur Verfügung stellt!
Zoglbauer: Den Sulzer Kare frag i! I schau glei morgen auffe zu eam!
Koller-Vrbic: Und wenn er nicht einverstanden ist?
Vorsitzender: Dann machma a Modenschau! Die Versammlung ist geschlossen!

Weihnachtliches Missverständnis

Sabine: Ja griasde Dagmar! Machst ebba scho deine Weihnachtseinkäufe? Bist owa scho friah dran!

Dagmar: Naa, de mach i no ned, san ja no vier Wocha bis Weihnachten! I schau bloß a bissl. Und du?

Sabine: I schau aa bloß a bissl. Vielleicht seg i wos, wos mir gfallt.

Dagmar: Genau! Und des kaffst dir dann!

Sabine: Naa, i doch ned! Des sog i dann mein Albert und der schenkts mir zu Weihnachten.

Dagmar: Achso, aso machst du des! Aso machs i ned, weil des is doch dann koa Überraschung mehr, wennst du des vorher aussuachst.

Sabine: Des ned, owa dann woass i wenigstens, dass i koan Schmarrn kriag vo mein Mo. Weil de Gefahr besteht bei Männer immer!

Dagmar: Da host du recht, da host du vollkommen recht! Meiner schenkt mir seit Jahren scho an Gutschein zu Weihnachten.

Sabine: An Gutschein? Allaweil den gleichen?

Dagmar: Naa, scho jedsmal an andern. Amal für an Frisörbesuch, amal für a Maniküre, amal für a Massage, so Sachen halt.

Sabine: Naja, is aa ned schlecht!

Dagmar: Schlecht ned, owa woasst, wos i mir wünschen daad? Eigentlich scho seit Jahren, owa aaf des kimmt der einfach ned!

Sabine: Wos nacha?

Dagmar: A Reise! A scheene Fernreise, a Kreuzfahrt oder so, woasst!

Sabine: Dann sags eam halt, dass du dir des wünschst!

Dagmar: Dann is ja koa Überraschung mehr! Und des find i dann langweilig. Wenn i zu eam sag „Du, i wünsch mir a Kreuzfahrt mit dir durchs Mittelmeer oder durch d'Südsee" und genau des kriag i dann, dann hod des für mi koan Kick, verstehst? Naa, i mag überrascht werdn.

Sabine: Mei, bist du kindisch!

Dagmar: *Trotzig:* Dann bin i halt kindisch! Owa i mag überrascht werdn!

Sabine:	Owa vo alloans kimmt der doch nie drauf! Dann mach halt wenigstens Andeutungen, dass er a Tendenz woass! Dann kann er dir an Reisegutschein schenka und du woasst vorher ned, für welche Reise. Dann is a Überraschung!
Dagmar:	Andeutungen? Wos soll i denn andeuten?
Sabine:	Mei, red einfach davon, wia di fremde Länder faszinieren, andere Erdteile, die Unendlichkeit der Meere!
Dagmar:	Achso, aso moanst!
Sabine:	Genau, aso moan i. Wennst einfach jetza scho anfangst mit zarte Andeutungen und dann machstas intensiver, dass er schnallt, dass du dir a Reise wünschen daaderst.
Dagmar:	*Begeistert:* Du, des mach i!
Sabine:	Ja eben, des machst! Und gell, ned vergessen: Tu ihn zwischendurch loben! Männer wolln immer gelobt wern, für jeden Dreg! Sag eam, dass de Gutscheine, de er dir die letzten Jahre gschenkt hod, toll warn! Und dann lasst einfließen, dass du gerne de ganze Welt kennenlernen möchst und dass di a Geschenk in der Richtung unheimlich gfrein daad!
Dagmar:	Du bist ja a ganz a Grissne!
Sabine:	Männer san einfach strukturiert, i hobs scho längst durchschaut. *Sieht auf die Uhr.* Oh, i muass weida, i hob glei an Frisörtermin! Also Dagmar – toitoitoi! I wünsch dir eine gute Reise! *Grinst und zwinkert vielsagend.*
Dagmar:	Danke dir! Du, des kriag i hi! I red einfach so oft vo fremde Länder und vom Meer, bis er's schnallt! Also, tschüssi!
Sabine:	Tschüssili, Buuuusssi! *Man drückt sich, wie heutzutage üblich.* Und erzählst mir dann, was er dir für a Reise gschenkt hod!
Dagmar:	Eh klar!

Zwei Tage nach Weihnachten treffen sich die beiden Freundinnen beim Schifahren.

Sabine:	Hey Dagmar!
Dagmar:	*Ziemlich einsilbig:* Griasde Sabine.
Sabine:	*Neugierig:* Und?

Dagmar:	Wos und?
Sabine:	Des Weihnachtsgeschenk von dein Mo! Hods highaut? Wos für a Reise hod er dir denn gschenkt? Jetza sag scho!
Dagmar:	*Zynisch lachend:* Reise! Dass i ned lach! Von wegen Reise!
Sabine:	Koa Reise? Wieso? Ja, hast du denn mein Rat ned befolgt?
Dagmar:	Und wia i dein Rat befolgt hab! I hab ständig davo gred, wia gern i fremde Länder erkunden daad und die Meere und die Wüsten und die Berge und alles. Und dass des mei größte Freid waar, wenn mir jemand wos schenka daad, des mir des ermöglichen daad, dass i de ganze Welt seg!
Sabine:	Und dann hod er dir trotzdem koa Reise gschenkt?
Dagmar:	*Zornig:* Naa, hat er nicht!
Sabine:	Ja, wos hod er dir denn dann gschenkt? Gar nix oder wos?
Dagmar:	Doch, an Atlas!

Armer Advent

Immer dann, wenn man im Supermarkt die ersten Osterhasen kriegt, dann weiß man: Es ist Advent!
Weil Lebkuchen und Spekulatius gibt's schon ab Mitte September, die haben mit dem Advent kaum mehr was zu tun, die deuten eher an, dass langsam der Sommer vorbei geht. Den offiziellen Herbstbeginn signalisieren uns die Nikoläuse, die ab September neben den Marzipankartoffeln in den Regalen auf Käufer warten.

Aber der Advent ist nicht bloß im Supermarkt, sondern auch sonst nimmer das, was er früher war!
Abgesehen davon, dass es vor dem Fasching fast keinen Schnee mehr gibt, außer in den Promidiscos (und da brauchens den Schnee nicht zum Schifahrn, sondern zum Schnupfen!), es ist einfach alles anders als in meiner Kindheit. Obwohl ich noch gar nicht sooo alt bin, eigentlich!
Zum Beispiel das Wappentier des Christkindls: Der Christbaum! Dessen Beschaffung hat sich grundlegend geändert.
Ich kann mich noch gut erinnern, wie mich mein Papa des erste Mal mitgenommen hat zum „Christbaamholn", wie er es genannt hat. Ich war vielleicht sieben oder acht Jahre alt. „Heit holma an Christbaam!", hat er gesagt, „dass du des aa amal lernst!" Ich dachte mir weiter nichts dabei, fand es aber seltsam, dass sich mein Vater nicht sein übliches Einkaufsgewand anzog, sondern eine grobe Arbeitshose, Stiefel und eine Zipfelmütze. Und den Geldbeutel hatte er auch noch vergessen – dachte ich.
Dann sind wir in den Wald gefahren und ich habe mich schon gewundert, dass im Wald ein Christbaumgeschäft sein soll. In einer Fichtenschonung ist mein Vater stehengeblieben, hat das Auto so abgestellt, dass man es von der Straße aus nicht sehen konnte und wir sind ausgestiegen.
Er hat mir eine Säge in die Hand gedrückt und gesagt: „De derfst du halten, dass'd des aa lernst! Nach kurzem Umsehen hat er auf einen Baum gedeutet und gesagt: „Der basst! Den nehma!" Noch bevor ein Verkäufer gekommen ist, (wo hätte er auch herkommen sollen, mitten im Wald!) hat er ihn abgesägt und im Auto verstaut. „Und wo kinnma den zahln?", habe ich gefragt.

Er lachte lauthals und sagte: „Omei Bua, du muasst in dein Leben no viel lerna!", Und dann hat er mir erklärt, dass ein Christbaam seit jeher gestohlen wird und nicht gekauft!
Das widersprach den Gut-Böse-Regeln, die mir anerzogen worden waren und ich sagte vorwurfsvoll zu meinem Vater: „Owa stehlen is a Sünde, hod da Religionslehrer gsagt! Do kimmtma in d'Hölle!"
Meinen christlich-moralischen Einwand hat mein Vater dadurch entkräftet, dass er gesagt hat: „Normal scho, owa wenns a Tradition is, dann ned!"
I habe aber nicht nachgegeben und drauf beharrt, dass zuerst dass Gefängnis auf ihn wartet und später die ewige Verdammnis, wenn er einen Christbaum stiehlt. Weil abgesehen vom biblischen Aspekt sah ich auch noch den Konflikt mit der weltlichen Gerichtsbarkeit auf ihn zukommen.
Dann hat sich mein Papa meine Kritik doch zu Herzen genommen und sein Verhalten radikal geändert: Er hat mich zum Christbaumstehlen nie mehr mitgenommen! Trotzdem, ins Gefängnis ist er nie gekommen und dass er in der Hölle gelandet ist, glaube ich auch nicht. Sowohl der Herrgott als auch die Justiz haben das damals nicht so verbissen gesehen wie ich dummes und ängstliches Kind.

Und heutzutage? Heute kommt man nicht mehr so billig davon!! Stehlen Sie einmal beim OBI einen Christbaum! Da haben Sie Riesenprobleme, weil kein Mensch mehr einen Sinn für Tradition hat!
Wenn Sie, was sehr wahrscheinlich ist, ertappt werden und sagen: „Dies ist kein Diebstahl, sondern eine Tradition!", dann laufen Sie Gefahr, die Festtage in einer geschlossenen Einrichtung für nervlich labile Menschen zu verbringen!

Oder nehmen wir die selbstgemachten Weihnachtsplätzchen! Auch auf diesem Gebiet ist nix mehr wie früher!
In meiner Kindheit war die Devise: Je süßer und je fetter, desto besser! Meine Mutter hat die Plätzlformen immer noch ausgiebig mit Kokosfett eingerieben und ins Fett für die Kücherl und Striezel noch ein Kilo echtes Schweineschmalz, „Schweischmolz" genannt, hinzugefügt, damit das Backwerk einen Gehalt hat und dass man „a gscheide Feiertagswampn" kriegt! Und es war, nicht zuletzt aufgrund des Schweischmolzes, saugut!

Und heute? Alles anders, alles nimmer normal! Früher hat man im Advent die Tage gezählt bis Weihnachten, heute zählt man im Advent die Kalorien! Ob Sie es glauben oder nicht: Ich habe unlängst im Supermarkt „Lebkuchen light" gesehen! Lebkuchen light! Das ist eine Beleidigung der altehrwürdigen Zunft der Lebkuchner! Das ist ja fast so schlimm wie fettreduziertes Wammerl oder gegrillte Putenhaxen!

Mit Lebkuchen light wären damals der Hänsel und seine Schwester jämmerlich verhungert vorm Hexenhaus! Des ganze Märchen wäre schlecht ausgegangen und die blöde Hexe würde heute noch leben. Kein Mensch hätte sie in den Ofen hineinbefördert, weil du mit Lebkuchen light einfach keine Kraft hast!

Ich mag mir das gar nicht vorstellen! Der Text des beliebten Kinderliedes „Hänsel und Gretel"! Der ginge dann in etwa so:

„Hänsel", sagt die Gretel voller Freid,
„des is unser Glückstag heit!
Vorbei die lange Hungerszeit!
Naa, doch ned, san bloß Lebkuchen light!"

Grausam, oder?

Was das Thema Essen betrifft, hat sich auch das Nahrungsangebot am Heiligen Abend grundlegend geändert. In meiner Kindheit war es Wurscht, was man nach der Bescherung zu sich nahm. Und zwar Wurscht im Sinne von Wurst, nicht im Sinne von egal! Pfälzer, Wiener, Weißwürste und „Gschwollne", selbstverständlich mit Kraut – das war Weihnachten pur!

Das war einmal! Die armen Würstchen dürfen nur mehr sehr selten am Festmahl teilnehmen, denn Fondue, Raclette und andere fremdländische Spezialitäten haben ihnen den Rang abgelaufen, aus meiner Sicht - leider! Von Pizza und Döner will ich gar nicht reden, aber auch so etwas soll in manchen Haushalten am Geburtstag vom Jesukindlein verzehrt werden. Da kann ich nur sagen „mir wenn du nicht gehen würdest" oder, wie der Bayer sagt „mia wennst ned gangst!"

Apropos Jesukindlein: Früher war dessen weitschichtiger Verwandter Petrus dafür zuständig, im Winter den Schnee zu machen. Unterstützt wurde er dabei von einer alleinstehenden älteren Frau namens Holle. Dieser Zuständigkeit wurden sowohl Petrus als auch Frau Holle von gewissenlosen Schiliftbetreibern beraubt! Diese haben die Schneefa-

brikation seelenlosen Kanonen übertragen. Die stehen nun das ganze Jahr wie bestellt und nicht abgeholt neben den Liftschneisen und spucken bei frostigen Temperaturen kleine Eiskügelchen aus, die mit den Flocken, wie wir sie in der Kindheit kannten, wenig zu tun haben. Aber gut, man kann tatsächlich darauf schifahren! Und trotzdem, Frau Holle hatte noch eine Freude, wenn sie dicke, fette, weiche Schneeflocken wie Federn auf die Erde schweben ließ, den Schneekanonen ist es wurscht! Die spucken tagaus, tagein die gleichen unpersönlichen und harten Kügelchen in die Luft. Petrus mag diese Kanonen nicht, denn manchmal lässt er es so warm werden, dass sie keine Kügelchen machen können. Dann stehen sie herum und schauen blöd!
Fairerweise und zur Verteidigung der Schneekanonen muss ich dem Petrus allerdings eine Mitschuld an diesen Zuständen geben. Vermutlich altersbedingt verpennt er immer öfter den Winteranfang und es schneit erst weit nach Weihnachten, wenn er durch die Silvesterknallerei endlich aufgewacht ist! Frau Holle als älteres Mädchen kann ihn offenbar auch nicht aufwecken, da sie ebenfalls bis Heiligdreikönig dahindöst. Und so kommt es, dass man an Weihnachten oft Temperaturen hat, die zum Grillen animieren! Was rein kulinarisch gar nicht so schlimm ist, dann gäbe es wenigstens nicht das blöde Raclette, sondern ein Grillwammerl oder eine Bratwurst!
Dieses seltsame Wetter wirkt sich natürlich bei manchen Menschen auch gesundheitlich aus, beim Nikolaus zum Beispiel! Früher, als es bereits Anfang Dezember kalt war, stapfte er mit dicken Stiefeln, noch dickeren Socken, langer Unterhose, warmem Mantel und Fellmütze durch den Schnee und war froh über seine warme Kleidung. Heutzutage stapft er mit derselben Kleidung, die er ja von Berufs wegen tragen muss, bei frühlingshaften 19 Grad durch grüne Wiesen und schwitzt wie ein Schwein. Ihm rinnt der Schweiß über den Rücken und im Sack rinnen die geschmolzenen Schokoladennikoläuse über die Elektronikartikel, die er den verzogenen Gören mitbringen muss.
Aber immerhin, durch die Entwicklung der globalen Wetterlage bleibt dem Nikolaus wenigstens der früher übliche Schnupfen oder gar die Mandelentzündung erspart. Doch wenn er sich übernimmt, droht ein Hitzschlag!

Lieblingsbeschäftigung während der Weihnachtsferien war in meiner Kindheit das Schlittenfahren. Da der Schnee aber, wenn überhaupt, erst Mitte Januar kommt, geht das heutzutage nicht mehr. So lungern die Schlitten in der Garage und die Kinder notgedrungen den ganzen Tag im Haus herum und man hat als Eltern Mühe, die Weihnachtsgeschenke unbeobachtet zu verstecken. Vielen Dank, Holle & Petrus!

Überhaupt: Die Weihnachtsgeschenke!
Können Sie sich noch erinnern, was man sich als Kind früher gewünscht hat vom Christkindl? Schon, oder? Ein Buch zum Beispiel vom Karl May! Eine Ritterburg! Einen Chemiebaukasten oder ein Puzzle von acht bis achtzig (Jahre, nicht Teile!), dass der Opa auch mitmachen kann.
Und heute? Mein Neffe wünscht sich eine Sicherheits-Software für seinen PC, weil ihm mit den Downloads dauernd Viren ins System rutschen!
Die Tochter eines Stammtischkumpels will ein pinkes Smartphone, weil das passt dann zu ihrem Nachtkastl und zu den Strähnen auf ihrem verwöhnten Schädel. Dieses Kind ist neun, in Worten 9 Jahre alt!
Und der Hammer ist der 14-jährige Sohn von einem Kollegen: Der will einen Fond! Also nicht einen Rinderfond oder einen Fischfond zum essen, nein, der will einen Fond mit Aktien! Mit 14 Jahren habe ich weder gewusst, was eine Aktie ist, noch was ein Fond ist!
Ich habe mit 14 ein Radl vom Christkind bekommen, ein rotes Radl! Und ich habe mich tierisch darüber gefreut. Hätte ich einen Fond bekommen, hätte ich wahrscheinlich geweint. Fonds und Radl – zwei völlig verschiedene Welten!
Obwohl, eigentlich nicht! Weil ein Radl und ein Aktienfonds haben schon eine gewisse Ähnlichkeit:
Erst freut man sich, dass sie ganz oben sind, und dann geht's bergab! Bloß beim Radl ist es erfreulich, wenns bergab geht – beim Fond eher nicht.

Und wenn Weihnachten vorbei ist, dann kommt nur noch Silvester mit der Kracherei.
Aber wenn es so weiter geht, wird man eh bald keine Silvesterraketen mehr abschießen dürfen! Nein, nicht wegen des Lärms, wegen der Hitze und der Waldbrandgefahr!

Prosit Neujahr!

Alternativkönige

Enkel: Oma, warum hoasst des eigentlich die heiligen drei Könige?
Oma: Ja, weils Könige warn!
Enkel: Scho klar, owa des san doch vier!
Oma: Also Sepperl, jetza derfst owa aafhörn! Drei warn des! Da Kaspar, da Melchior und da Balthasar! Des woass doch a jeder!
Enkel: Achso, de drei! De kenn i ned! I kenn andere und des san vier!
Oma: Andere Könige? Vier? Wia hoassn nacha de?
Enkel: Eichel, Grün, Herz und Schelln!

Zwerg Oma

Oma: Omei Schantall, de Winter warn früher ganz anders, wia i a Kind war!
Chantal: Ehrlich? Wieso?
Oma: Wia alt bist jetza du?
Chantal: Acht Jahre!
Oma: Wia i acht Jahre war, do is mir da Schnee bis zum Hals ganga! Obstas glaubst oder ned!
Chantal: Bis zum Hals?
Oma: Ja, bis zum Hals!
Chantal: Auf de alten Fotos merktma des gar ned, dass du so winzig warst!

Männer ohne Chance

Sepp: Ohweh! Scho wieder des Weihnachten! Kaum is oans vorbei, kimmt scho wieder oans daher!
Kare: Do host du recht. Owa mei, do kannst nix macha, de Feste kemman gnadenlos, jedes Jahr!

Erwin: Genau, gnadenlos! Du kimmst nicht aus! Naja, so schlimm is dann Weihnachten aa wieder ned!

Sepp: Weihnachten an sich ned. Owa des Geschenkekaffa für's Wei! Des macht mi no narrisch! De mei hod gsagt, sie wünscht sich heier a Armband. A Armband! Ned wos für oans, sondern einfach bloß a Armband! Do stehen meine Chancen, dass i des richtige dawisch, maximal fifty-fifty!

Kare: Do bist ja no guat dran! De deinige hod wenigstens gsagt, dass sie a Armband will, dann host immerhin a grobe Richtung, wos du ihr kaffa sollst. De meine hod bloß gsagt, sie will an Schmuck! An Schmuck! Super! Do stehen meine Chancen, dass i den richtigen dawisch, maximal bei zehn Prozent!

Erwin: Omei, Männer, jammerts ned! Ihr zwoa wissts ja gar ned, wos ihr mit eierne Weiber für an Dusel habts! De meine hod gsagt, ihr es des vollkommen wurscht, wos i ihr schenk! Do dawisch i hundertprozentig des Falsche!

Winterwunderland

Kare: Also oans sog i dir, Sepp: Aso a richtiger Winter, des is fei scho a feine Sach!

Sepp: A feine Sach? Wia moanst jetza des?

Kare: Heit vormittag hods doch gscheit gschneibt.

Sepp: Wia d'Sau!

Kare: Genau! Do bin i im Wohnzimmer gsessn und hob beobachtet, wia draußen de Flocken so tanzt hamm. Wia Federn! Also so wos Scheens, i kannt do stundenlang zuaschaun! Des hod wos Beruhigendes in dera heitigen hektischen Zeit!

Sepp: Du, des versteh i voll! Des is a Traum! Hods deiner Frau aa gfalln?

Kare: De hod ned aussegschaut!

Sepp: Ned? Warum denn ned?

Kare: De war scho draußen, weil de hod Schneeraama miassn!

Jahresbilanz

Kare:	Hostas glesn, Sepp?
Sepp:	Wos denn?
Kare:	Des letzte Jahr war weltweit des wärmste Jahr seit Beginn der Wetteraufzeichnungen!
Sepp:	Jamei, do konn i gottseidank nix dafür!
Kare:	Und es war mit de meisten kriegerischen Konflikte weltweit!
Sepp:	Do konn i gottseidank aa nix dafür!
Kare:	Und es war ein Rekordjahr der Naturkatastrophen!
Sepp:	Do konn i gottseidank aa nix dafür!
Kare:	Und in Deitschland wars des Jahr mit der höchsten Geburtenzahl seit 13 Jahren!
Sepp:	Do konn i leider aa nix dafür!

König Seppl

Opa:	Und Maxl – woasst du, wos heit für ein Tag is? Heit is a bsonderer Tag!
Maxl:	No freilich Opa, heit is Heiligdreikönig!
Opa:	Genau! Schau her, wia du di auskennst!
Maxl:	I bin doch ned bläd!
Opa:	Bist ned? Ja dann woasst aa bestimmt, wia de hoassn, de heiligen drei Könige.
Maxl:	Hm …
Opa:	*Triumphierend:* Aha! Woasstas ned, ha?
Maxl:	*Kleinlaut:* Naa, de Namen woass i ned. I woass bloß, dass an Haffa Zeig fürs Christkindl dabeighabt hamm.
Opa:	*Gütig:* Pass af Maxl, i hilf dir, dann kimmst scho drauf, wia de drei ghoassn hamm: Der erste war da Kaspar! Fallts dir jetza wieder ei?
Maxl:	*Erfreut:* Also wenn da Kasperl dabei war, dann war da Seppl bestimmt aa dabei!

Katzenknödel

Sepp: Endlich wieder amal a gscheida Winter! Zehn Grad Kältn und 40 Zantimedda Schnee, aso ghörtsase!

Kare: Do host du recht! Man derf allerdings ned vergessn, dass des für die Tierwelt ned einfach is!

Sepp: Des is klar. Owa do is mei Frau auf Zack!

Kare: A geh?

Sepp: Jaja! De hod aaf da Terrassn Meisenknödel aafghängt.

Kare: Des is schee vo ihr, dass wos duat für de armen Vogerln!

Sepp: Scho. Und für mi is des aa schee, dass des duat!

Kare: Für di aa? Warum für di?

Sepp: Ja, weil woasst, des duat mir so guat, wenn i im warma Wohnzimmer sitz und beobacht de Vogerln, wias aaf de Meisenknödel hipicken. Des duat mir psychisch direkt guat, des is beruhigend.

Kare: Des glaub i dir. Dann host du quasi aa wos von de Meisenknödel.

Sepp: Auf jeden Fall! Und de Katz vo unserm Nachbarn, de mog de Meisenknödel aa so gern! Leidenschaftlich gern!

Kare: A geh! A Katz, de Meisenknödel mog?

Sepp: Wennes dir sog! Sie frisst den Meisenknödel allerdings erst, nachdemna a Vogerl gfressn hod!

Weihnachtspanik

Sepp: Und Kare, alles klar? Habts gestern an ruhigen Heiligen Abend verbracht?

Kare: Hör mir bloß aaf!

Sepp: No geh, wos war denn?

Kare: Bis zur Bescherung wars wia immer. Owa dann, nach'm Essen – die totale Hektik, direkt a Panik!

Sepp: Am Heiligen Abend? Wos war denn?

Kare: Zerst samma d'Frau und i gemeinsam wia de Wahnsinnigen im Wohnzimmer hi und her, dann i in d'Küch und sie ins Esszimmer, dann i aaf's Klo und sie ins Bügelzim-

	mer, dann i ins Bad und sie in den Keller, mir waarn bald durchdraaht!
Sepp:	Ja, um Gottes Willen! War eich schlecht? Habts eich den Magen verdorm oder wos?
Kare:	Naa, d'Fernbedienung vom Fernseh hamma ned gfundn!

Weihnachtsvorlieben

Sepp:	I mog an Weihnachten, wenns besinnlich is!
Kare:	Und i mog an Weihnachten, wenns harmonisch is!
Erwin:	Und i mog an Weihnachten, wenns familiär is!
Rudi:	Und i mog an Weihnachten, wenns ume is!

Weihnachtsmenü

Sepp:	Des is allaweil gar ned so einfach mit dem Essen am Heiligen Abend!
Kare:	Also bei uns gibt's heier an Karpfen! Und bei eich?
Sepp:	Is no ned sicher – Würscht, a Gans, a Pizza, a Fondue …
Kare:	Ja, do is d'Auswahl schwierig, weil des san lauter guade Sachen!
Sepp:	Naa, d'Auswahl is ned schwierig, weil des gibt's alles! Owa d'Reihenfolge is no ned sicher!

Was gibt es Schöneres, als an einem kalten Wintertag, an dem es draußen stürmt und schneit, drinnen im warmen Wohnzimmer mit einem heißen Tee auf der Couch zu sitzen und durch das Fenster den Tanz der Flocken zu beobachten. Das denken sich auch der kleine Maxl und seine Oma. Kuschelig lümmeln sie an einem 6. Januar auf dem Kanapee, sie mit Kamillentee, er mit einem Kakaogetränk. Maxl beobachtet, was sich draußen so tut. Viel nicht, bei diesem Wetter. Doch plötzlich bemerkt er drei seltsame Gestalten, die sich tapfer durch Wind und Wetter kämpfen – es sind natürlich

Die heiligen drei Könige

Maxl: Oläck! Oma, schau!

Oma: *Liest einen Heimatroman, in dem der arme Knecht in die reiche Bauerstochter verliebt ist und reagiert nicht.*

Maxl: *Drängend:* Omaaa, schau halt! Schau halt ausse! Da Wahnsinn!

Oma: *Genervt:* Wos is denn, Maxl?

Maxl: Schau halt ausse! Halloween! Scho wieder! Des war erst!

Oma: Wer?

Maxl: Halloween! Do san drei draußen, de san dodal verkleidet! Schau halt!

Oma: *Schaut hinaus und sieht die kindlichen Könige aus dem Morgenland.* Des san de drei heiligen Könige!

Maxl: *Mit skeptischem Blick auf die Gestalten:* Könige san des? Des glaubst doch selber ned! Des san doch koane Könige! Des san eher Bettler! Oder eventuell Rapper!

Oma: No freilich san des Könige!

Maxl: Wenn des Könige waarn, dann daadns doch ned z'Fuaß umanandarenna in dem Sauweda! Dann hättens doch a Auto und an Fahrer! Oder a goldene Kutschn. Könige san doch reich!

Oma: Ja scho, owa des san ja koane echten Könige!

Maxl: Falsche?

Oma: Wos hoasst falsche – de san halt als Könige verkleidet.

Maxl: Gehn de zum Fasching?

Oma:	Ja sag amal! Hast denn du überhaupt koa Ahnung? De gehn doch ned zum Fasching! Woasst denn du ned, wer die heiligen drei Könige san?
Maxl:	Naa! Woher soll denn i de kenna! In meiner Klass sans ned und vom Fußballtraining kennes aa ned!
Oma:	Ja, habts denn ihr in da Schul koa Religion ned? Du gehst doch scho in die zwoate Klass!
Maxl:	Ja scho, owa do pass i ned aaf! *Grinst.* In Religion pass i nie aaf!
Oma:	Warum passt denn do ned aaf?
Maxl:	Weil da Kaplan schimpft ned, der schimpft nie! Aa wennma ned aafpasst! Da Sven Grintler sitzt neba mir, der passt aa ned aaf!
Oma:	Des is des! Wennma ned aafpasst, dann woassma nix! Do wunderts mi ned, dass du de heiligen drei Könige ned kennst!
Maxl:	Wo kemma nacha de her?
Oma:	Vom Morgenland!
Maxl:	Ned vo Greisling? San des Ausländer? Könnt scho sei, weil oana is voll schworz!
Oma:	Also de drei kemma wahrscheinlich scho vo Greisling. Owa de echten, de kemma aus dem Morgenland!
Maxl:	Wo is nacha des Morgenland? Des hob i no nie ghört! Morgenland – aso a bläds Land!
Oma:	Mir samma's Abendland!
Maxl:	Stimmt ja gar ned, mir samma Deitschland!
Oma:	*Genervt:* Ja, scho, owa do sagtma Abendland!
Maxl:	Hob i no nie ghört! Und wo is des Morgenland genau?
Oma:	Ja mei, genau woass i des aa ned! Irgendwo hinten – bei da Türkei links ungefähr! Oder rechts.
Maxl:	Weit weg, ha?
Oma:	Gaanz weit!
Maxl:	No weida wia Straubing?
Oma:	Viel weida! No weida wia München!
Maxl:	Oläck! Und wos wolln de do bei uns? Asyl oder wos?
Oma:	De wolln doch koa Asyl! De gehen zum Jesukindlein!
Maxl:	Wohnt des jetza in Greisling?

Oma:	Naa, des wohnt jetza im Himmel, doch ned in Greisling! I hobs dir ja scho gsagt: Des san ned de echten drei heiligen Könige! De echten san damals zum Jesukindlein ganga, nach Bethlehem!
Maxl:	Und wo gehen de falschen hi?
Oma:	Zu de Leit! Da sammeln Geld für de armen Kinder in Afrika.
Maxl:	Und dann gehens aaf Afrika und bringen de armen Kinder des Geld? Und de armen Kinder kinna sich dann a Handy kaffa! Oder a Snowboard.
Oma:	Doch koa Handy und koa Snowboard! A Snowboard is in Afrika eh a Schmarrn! Zum essen wos, an Reis! Und außerdem gehen de ned nach Afrika, des waar viel zu weit! De bringen des Geld dem Herrn Pfarrer!
Maxl:	Mag der aa an Reis?
Oma:	Naa, der mag doch koan Reis!
Maxl:	Warum ned?
Oma:	*Unwirsch und langsam genervt:* Vielleicht mag er an Reis, des woass i ned. Des is doch wurscht! Der überweist des Geld aaf Afrika zu de armen Kinder! Und dann kriagn de an Reis dafür!
Maxl:	Und s Jesukindlein kriagt gar nix?
Oma:	Naa, jetza nimmer, des is ja im Himmel, da brauchts nix! Wia es no auf da Erd war im Kripperl, da hats was braucht und drum hamm eam de heiligen drei Könige damals wos mitbracht!
Maxl:	An Reis?
Oma:	*Schüttelt erschüttert den Kopf über soviel Unwissenheit.* Doch koan Reis!
Maxl:	Wos anders zum essen? Chicken Wings?
Oma:	Naa, a Gold hamms eam mitbracht!
Maxl:	A Gold? Wos soll nacha s Jesukindlein mit an Gold macha? Des konnma doch ned essen!
Oma:	Des ned!
Maxl:	Owa des is doch dann a Schmarrn! Aso a kloans Jesukindlein braucht doch koa Gold! Mit dem kanns ja nix anfanga! Und wennses verschluckt, dann dastickts! Hamm de koa Hirn, de Könige?

Oma:	Natürlich hamm de a Hirn! Des warn sogar de drei Weisen aus dem Morgenland!
Maxl:	Owa oaner is doch schworz!
Oma:	Ned de drei Weißen, de drei Weisen! Des bedeit, dass de ganz gscheit warn!
Maxl:	Naja, also so gscheit warn de ned, weil sunst hättens dem Jesukindlein wos zum essen bracht, an BigMäc öder an Burger und ned a Gold!
Oma:	*Immer mehr in Erklärungsnot:* Des Gold, des war ja mehr symbolisch!
Maxl:	Wos war des?
Oma:	Des is fei echt schwierig mit dir! De wollten einfach dem Jesukindlein wos Wertvolles bringa, weilses so gern ghabt hamm!
Maxl:	Host du mi aa gern?
Oma:	Natürlich hob i di gern!
Maxl:	Owa du host mir no nie a Gold mitbracht! Manchmal a Überraschungsei, owa a Gold no nie!
Oma:	I konn dir doch koa Gold mitbringa! I bin ja koa König! Und du bist ned s Jesukindlein!
Maxl:	Gottseidank, mir is a Überraschungsei eh liawa! I glaub, dem Jesukindlein waar a Überraschungsei aa liawa gwen! Des hodse bestimmt denkt: „Bringen mir de Deppen a Gold! Wega dem Schmarrn hättens ned vom Morgenland herdatschn braucha, de Haumdaucha!"
Oma:	Des hodse gar nix denkt, weil des war ja no so kloa! *Deutet mit den Händen eine Länge von ca. 50cm an.* Und außerdem hamm de heiligen drei Könige ned bloß a Gold mitbracht.
Maxl:	Wos nacha no?
Oma:	An Weihrauch!
Maxl:	Hod ebba s Christkindl graucht? Des gibt's doch ned – wenns no so kloa war! Is a Weihrauch a Zigrettn für Weiber?
Oma:	Wos? Wia kimmst denn aaf so an Schmarrn?
Maxl:	Weils Weihrauch hoasst! Für Männer waars dann a Morauch!

Oma:	Also aaf wos für Ideen du kimmst! Des Weihrauch schreibtma mit „h", des kimmt vo geweiht, ned von Wei! Geweihter Rauch, verstehst?
Maxl:	Und wos soll nacha 's Christkindl mit an Rauch? A Rauch is doch koa Gschenk! Man konn doch ned zu an kloan Kind sagen: „Do schau her, do host an Rauch!" Und man konn ja den Rauch dem Kind ned geben, weil der haut ja ab! Dann is er weg und 's Kindlein hod an Dreg und de ganz Bude is voll Rauch!
Oma:	Mensch, is des schwierig mit dir! Da Weihrauch is ja koa Rauch, sondern des san so Bröckerln, so durchsichtige gelbe.
Maxl:	Konnma de essen?
Oma:	Naa, de konnma ozündn, dann rauchens!
Maxl:	Und des wars dann? Aso a Krampf! Dann hättens eam a Zeitung aa mitbringa kinna, weil de raucht aa, wennmas ozünd! Oder a Holzscheitl, des daad länger raucha!
Oma:	*Schüttelt erschüttert den Kopf:* A Holzscheitl! Auf wos für Ideen du kimmst! Man konn doch dem Jesukindlein koa Holzscheitl mitbringa! A Weihrauch, des is ganz wos edles! An Weihrauch, denn zündma o, dann verbreitet er einen Wohlgeruch!
Maxl:	Einen wos?
Oma:	Einen Wohlgeruch! Dann schmeckts guat! Dann schnauftma und denktse: „Mei, schmeckt des guat!"
Maxl:	Hods ebba recht gstunka beim Jesukindlein?
Oma:	Des woass doch i ned! Owa es konn scho sei, weil des Jesukindlein is ja in einem Kripperl glegn im Stall in Bethlehem. Und daneben san da Ochs und der Esel gstandn!
Maxl:	Dann hods bestimmt gstunka! A Ochs stinkt bestimmt wia d'Sau! Dann war da Weihrauch ned schlecht!
Oma:	Genau! Und dann hamms no a Myrrhe mitbracht fürs Christkindl!
Maxl:	A wos?
Oma:	A Myrrhe! Des is a Salbe, de schmeckt aa guat!
Maxl:	Naja, dann hods wenigstens oa Gschenk kriagt, des wosma essen konn!
Oma:	Naa, des is nix zum essen! De riecht guat!

Maxl:	D'Mama hod aa so oane. De schmiertsase alle Dog ins Gsicht, dann moanst, sie is a Pfirsich, weils aso schmeckt! Und sie sagt, des is guat für d Haut!
Oma:	Des mog scho sei.
Maxl:	Oma, host du dir ebba koa Salbe leisten kinna?
Oma:	Warum?
Maxl:	Weilst du aso a gfalterte Haut host!
Oma:	Also sag amal! Des kimmt einfach vom Alter, do hilft dann de Salbe aa nimmer! Aaf jeden Fall hamm de heiligen drei Könige dem Jesukindlein a Myrrhe mitbracht! Des war damals a Zeichen, dassma ebbern gern mag!
Maxl:	Magst mi du aa gern?
Oma:	No freilich, des woasst du doch!
Maxl:	Owa a Myrrhe brauchst mir fei ned bringa! Liawa wos anders, an Schokoriegel oder a Wienerl.
Oma:	*Lacht.* Des glaub i scho, dass du koa Myrrhe ned magst! Naa, des versprich i dir: I bring dir immer wos mit, wos du magst, Maxl!
Maxl:	Gottseidank! Weil des Jesukindlein duat mir voll leid! Liegt neba an stinkerten Ochsen und dann kriagts no lauter Schmarrn gschenkt! Wenn drei Könige kemman, do moantma doch, dassma wos gscheits kriagt und ned Gold und an Rauch und a Salbe! *Abfällig:* Pfffhh!
Oma:	Omei Maxl, des verstehst du ned! Des is symbolisch!
Maxl:	Symbolisch? Do bin i direkt froh, dass i ned symbolisch bin, sondern katholisch!
Oma:	*Lacht erneut.* Du bist dei Geld wert!
Maxl:	*Stolz:* Gell! Des hod d Mama aa gsagt! *Es läutet.* Jetza kemmans!

Er läuft hinaus, um die Türe für die kindlichen Könige zu öffnen. Kaum ist die Türe offen, beginnt einer der infantilen Monarchen, seinen Spruch aufzusagen:

Wir kommen aus dem Morgenlande
im festlichen Brokatgewande.
Wir sind lange schon auf Reisen,
um hier dieses Kind zu preisen!

Maxl: *Fasziniert:* Cool! Preisen wollns mi!

König 1 tritt irritiert zurück, König 2 übernimmt:

Auf glühend heißem Wüstensand
kamen wir in dieses Land,
denn uns kam zu Ohren,
hier ist der Herr geboren!

Maxl: Hä? Wos bistn du für oaner? Glühend heiß? Schneim duats!

König 2 ist, wie auch seine Kollegen, auf kritische Bemerkungen zu seinem Vortrag nicht eingestellt und tritt betreten mit rotem Kopf zurück. Der dritte, deutlich dunklere König tritt hervor und spricht seinen Vers:

Ich bin der königliche Mohr
und ich trete jetzt hervor,
bitt euch um euer Erbarmen
und eine Gabe für die Armen!

Maxl: Woass i scho, für de armen Kinder in Afrika, gell? Des hod mir d'Oma gsagt! Bist du aa vo Afrika?
Mohr: Naa, vo Wimperding!

Der kleine Mohr hält nach dieser ehrlichen und spontanen Antwort Maxl wortlos seine Sammelbüchse entgegen.

Maxl: *Laut:* Omaaa! Da Näga wüll a Göld!
Oma: Maxl! Bist jetza du staad! Man sagt ned Näga! Also sag amal! *Kommt mit tadelndem Kopfschütteln aus dem Wohnzimmer, von wo sie den königlichen Worten gelauscht hat.* So, schauts her, do habts fünf Euro. *Steckt einen Fünfer in die Sammelbüchse.* Habts nacha für eich aa a Kasse? Weil ihr habts eich aa a paar Euro verdient, wenns ihr in dera Költn durch den Schnee stapfsts!

Maxl:	*Deutet grinsend auf König 2:* Der hod gsagt, glühend heißer Wüstensand! Der hods ned alle! *Tippt sich vielsagend an die Stirn.*
König 2:	*Verlegen:* Des **muass** i sagen, des is mei Text, den hod mir da Herr Pfarrer gegeben! Und des waar unsere Kasse! *Hält der Oma eine Schachtel mit Einwurfschlitz entgegen.*
Oma:	Schau her, do habts an Zwickl! *Steckt zwei Euro in den Schlitz und weist dann ihren Enkel zurecht:* Und du sei ned so frech, Maxl! „Der hods ned alle" – des sagtma ned zu einem heiligen König!
Maxl:	I hob ja bloß gmoant wega dem heißen Wüstensand. I hob ja ned gwusst, dass da Herr Pfarrer gsagt hod, er soll des sagen!

Die heiligen drei Könige unterbrechen die Unterhaltung und sagen noch gemeinsam ihr Schlußgedicht auf, da sie unter Zeitdruck stehen.

Vielen Dank für Eure Spende,
unser Auftrag, der ist nun zu Ende.
Wir müssen fleißig weiterwandern
und für die Armen sammeln bei wem andern.
Alle, die hier bei euch wohnen,
soll der Herr reichlich belohnen!

Sie verlassen mit einem freundlichen „Wiederschaun" das Haus und begeben sich wieder auf die verschneite Straße.

Oma:	So, jetza sans furt, die heiligen drei Könige!
Maxl:	De warn cool!
Oma:	Owa gell, merk es dir: Sag nimmer, dass a heiliger König ned alle hod! Das tut man nicht! De hod der Herr Pfarrer gschickt und der hod denen aufgetragen, dass des alles sagen! Aa des mit dem heißen Wüstensand!
Maxl:	Genau! **Der** wars! Der hods ned alle!

Wenn sich Kinder langweiligen, dann kommen sie oft auf komische, besser gesagt seltsame Ideen. Und da Erwachsene, vor allem Großeltern nicht auf solche Ideen kommen, geht es manchmal nicht gut aus. So war es auch mit der winterlichen Idee des kleinen Maxl – und weil Kinder gerne erzählen, was sie erlebt haben, hat er einen Aufsatz darüber geschrieben. Das Thema lautete „Mein schönstes Erlebnis in den Weihnachtsferien", aber Maxl hat – mit Recht – folgende Überschrift gewählt:

Rauchen ist ungesund

Mein Opa freut sich immer schon ganz fest auf Weihnachten, weil da denkt er an früher, wo alles noch schöner war und der Schnee höher, und er kriegt Geschenke, meistens Zigarren, dass er besser husten kann, oder einen Blasentee, dass er nicht gar so oft bieseln muss. Eigentlich täte er Handschuhe brauchen, aber Mama sagt, die haben bei ihm keinen Sinn, weil er sie wo hinlegt und dann nimmer findet, wenn es kalt ist und darum hat er immer eiskalte Hände. Mit seiner Brille ist es das gleiche, die findet er auch immer nicht, und akkrat dann bräuchte er sie, damit er sie findet; er sagt, es ist ein Teufelskreis.

Aber so schlimm ist es nicht, wenn er keine Handschuhe hat, weil es wird immer wärmer und irgendwann braucht man eh keine mehr. Papa hat gesagt, in Straubing wachsen dann Ananas, er erlebt das nicht mehr, aber ich eventuell. Das wäre cool, weil dann täte ich auf Straubing fahren und mir die Ananas anschauen. Papa sagt, man kann sich auf das Klima nicht mehr verlassen, und schuld ist die blöde Erderwärmung und an der sind die Kühe schuld, weil sie soviel Fürze tun und da haut es ihnen das Methan aus dem Ar... äh Popo. Schuld sind auch die Menschen, weil sie alles verbrennen und das Ozon hat auch noch ein Loch, das kommt dann alles zusammen und drum wird es wärmer. Und weil unser blöder Nachbar dauernd grillt.

Aber das ist jetzt wurscht, weil darüber will ich gar nicht schreiben, sondern darüber, dass Rauchen nicht gesund ist und das hat man bei meinem Opa gesehen. Er hat vom Rauchen ein verstauchtes Knöcherl bekommen und einen Bänderriss und einen Hosenträgerriss auch, aber der tat nicht so weh wie der Bänderriss. Außerdem hat er noch ein

Horn am Hirn, was auf hochdeutsch Beule heißt. Also das Horn heißt Beule, nicht das Hirn.

Schuld ist er selber, weil er raucht und weil er immer in die Stadt geht und sich eine Wurst kauft oder einen Käse, obwohl Mama es ihm mitbringen würde. Aber nein, er ist dickschädig wie ein kleines Kind und geht allein in die Stadt! Und dann raucht er noch! Und darum lag er an Weihnachten im Krankenhaus.

Wollt ihr wissen, wie es passiert ist? Nicht? Also gut, dann erzähle ich es euch.

Es war so:

Ich habe Weihnachtsferien gehabt und habe noch geschlafen. Aber Opa ist schon früh aufgestanden, weil er sagt, im Alter braucht man keinen Schlaf mehr und wenn, dann einen kurzen. Dann ist er in die Stadt gegangen um eine Wurst und auf einen Ratsch mit anderen alten Männern, die auch keinen Schlaf mehr brauchen, aber eine Wurst.

Wie er schon weg war, bin ich wach geworden und aufgestanden. Ich habe zum Fenster hinaus geschaut und gesehen, dass es schon wieder nicht geschneit hat. Da habe ich mich sehr geärgert, weil man ja extra Weihnachtsferien hat, damit man Schlitten fahren kann oder Schi oder sonstwas, aber wegen der blöden Erderwärmung geht's nicht! Kalt war es schon, aber es war keine Wolke oben und wo soll dann der Schnee herkommen? Von einem blauen Himmel herunter geht es nicht, weil Schnee ist ja weiß und nicht blau. „Fix", dachte ich, „wieder nix!"

Als ich gerade meine Cornflakes aß und draußen den Reif sah, kam es mir plötzlich: Wenn man schon nicht Schlitten fahren kann, dann könnte man doch wenigstens rutschen!

Ich sagte zu meiner Mama, dass ich zu Kavau hinübergehe und dass wir dann draußen spielen. Kavau ist mein Freund, der sitzt in der Schule neben mir und heißt eigentlich Konrad Vogl, aber wir sagen Kavau, das bedeutet KV.

Meine Mutter hat gesagt, das freut sie narrisch, dass ich mit meinem Freund etwas unternehme und dass ich nicht die ganze Zeit am Computer hocke und verblöde, bloß weil es nicht schneibt.

Ich habe schnell fertig gegessen und bin dann ume zu Kavau. Dieser saß am Computer und spielte ein Spiel, wo man Ameisenhaufen sprengen muss und wer die Königin erwischt, kriegt einen Bonus. Ich sagte zu ihm, er soll mit dem Schmarrn aufhören, weil ich weiß etwas Cooleres.

Er sprengte noch vier Haufen und holte vier Bonüsse, dann kam er mit mir hinaus und seine Mama sagte zu uns: „Gell, tuts schön spielen und stellts nichts an!" Ich sagte „eh klar" und draußen erklärte ich ihm meine Idee, die wo ich hatte.

„Kavau", sagte ich, „entweder ist es kalt und es tut nix oder es ist warm und es regnet! Nie kann man Schlitten fahren!" „Genau", sagte Kavau, „mein Papa sagt, der Petrus hat kein Hirn! Oder er mag keine Kinder. Oder keine Eltern, weil er schuld ist, dass die Kinder den ganzen Tag im Haus herumsitzen und die Eltern nerven!"

„Aber ich weiß ebbs, wie wir Petrus überlisten können!", sagte ich, „weil heute ist es saukalt und wir können rutschen!"

Kavau kapierte es nicht und das ist kein Wunder, denn in der Schule ist er auch dümmer wie ich. Am krassesten ist es in Mathe. Da hat der Lehrer gesagt: „Kavau, merke auf: Ein Bauer kann mit seinem Pferd in vier Stunden ein Hektar ackern. Wieviel können vier Bauern mit vier Pferden in acht Stunden ackern? Was meinst du?"

Kavau sprach: „Ich meine, dass das lauter Deppen sind, weil mit einem Bulldog ginge es leichter!"

So dumm ist Kavau!

Darum erklärte ich ihm meine Idee ganz langsam, dass er es auch versteht:

„Kavau, von unserem Gartentürl geht doch der Weg am Haus entlang zur Haustüre."

„Ja genau. Den kenne ich, weil ich bin ihn schon oft gegangen!", sagte er.

„Und der Weg ist doch gepflastert."

„Ja genau!"

„Und der Weg geht doch a bisserl bergab."

„Ja genau!"

„Und wenn man auf das Pflaster ein Wasser hinschüttet und es ist saukalt, dann gefriert es."

„Ja genau!"

„Und wenn ein Wasser gfriert, dann wird es ein Eis."

„Ja genau!"

„Du sagst immer bloß 'ja genau'!"

„Ja genau!"

„Kannst du auch mal ebbs anderes sagen?"
„Nein!"
„Bloß 'ja genau'?"
„Ja genau!"
„Du bist ein Depp, ehrlich! Also, wir machen es so: Wir schütten mit einem Eimer ein Wasser auf das Pflaster hin. Das gefriert ganz schnell, weil das Wetter ist kalt und das Pflaster auch. Und dann rutschen wir wie die Sau über den Weg! Das wird voll cool!"
„Aber ich habe keinen Eimer!"
„Wir haben in der Garage gleich drei oder vier, da kannst du einen nehmen und ich auch."
„Ja genau!"

Wir gingen in die Garage und jeder nahm einen Eimer und machte ihn voll Wasser, weil in der Garage ist eine Wasserleitung. Dann schütteten wir das Wasser auf das Pflaster und holten gleich noch zwei Eimer voll und dann noch zwei und noch zwei. Dann schauten wir und ich konnte es kaum erwarten, bis das Wasser ein Eis wurde. Aber es ging schnell und schon nach zehn Minuten probierten wir es aus und es ging super!
Wir machten das Gartentürl auf und nahmen draußen schon Anlauf und dann rutschten wir über den Weg. Es war so glatt, dass wir es mit einem Rutscherer fast bis zur Haustüre schafften. Kavau sagte, dass ich ein Hund bin und dass ihm das nie eingefallen wäre. Ab und zu haute es uns hin, aber das war nicht schlimm, weil Kinder und Betrunkene brechen sich nix! Wir lachten und standen wieder auf und rutschten weiter und es war eine Riesengaudi.
Wie dann Opa aus der Stadt heimkam, dachten wir, das wird auch eine Gaudi, wenn er über den Weg rutscht, weil er eigentlich cool ist, aber es wurde keine.
Wir sahen ihn schon kommen und dachten uns, wir sagen ihm lieber nichts, dann wird es für ihn eine Überraschung und er freut sich besser über die Rutschbahn und dass er einen so gescheiten Enkel hat, der wo immer tolle Ideen hat.
Kavau und ich standen im Garageneck und lurten zum Weg hin, weil wir sehen wollten, wie gut Opa rutschen kann.
Er kam mords flott zum Gartentürl herein und in der linken Hand hatte er einen Ring Fleischwurst und in der rechten Hand eine Zigarre,

die wo rauchte. Gleich nach dem Gartentürl ging es mit ihm dahin. Er rutschte wie ein Geschoss nach vorne und war ziemlich baff. Nach ungefähr drei Metern kam er von der Fahrbahn ab und sauste an unseren Kirschbaum, der wo direkt neben dem Weg steht. Er hätte bloß die Zigarre wegwerfen brauchen, dann hätte er mit der rechten Hand bremsen können und wäre nicht direkt mit dem Hirn an den Baum, aber er tat es nicht. Darum hat er jetzt ein Horn und hingefallen ist er nach dem Aufprall auch und da kommt das mit dem Knöcherl und dem Bänderriss und dem Hosenträgerriss her. Und was das Schlimme ist – die Zigarre ist auch noch abgebrochen!
Gottseidank fiel er mit dem Popo auf den Ring Fleischwurst, sonst wäre er wahrscheinlich hinten auch noch verletzt gewesen. Aber die Fleischwurst ist weich und drum war es nicht so schlimm. Der Doktor hat gesagt, eine Stange Salami wäre wahrscheinlich zu hart gewesen.
Kavau und ich sind dann zu Mama hinein und haben gesagt, den Opa hat es hingehauen und er jammert ziemlich. Sie ist hinaus und kaum war sie von der Haustüre weg, lag sie auch schon da. Sie war aber unverletzt, weil sie keine Zigarre halten musste und ist wieder aufgestanden hat den Opa mit dem Auto zum Doktor gefahren.
Der hat gesagt, er muss ein paar Tage ins Krankenhaus, aber das wird schon wieder. Das Horn sieht man zwar länger, aber es ist an sich nicht gefährlich.
Der Doktor hat den Opa gefragt, wie das passiert ist und er hat gesagt, das war ein Blitzeis und schuld ist das Wetter, auf das kann man sich nimmer verlassen und es wird immer mehr extrem. Aber eigentlich war es seine blöde Zigarre, weil wenn er die nicht in der rechten Hand gehabt hätte, wäre es nie so schlimm ausgegangen. Und darum ist Rauchen ungesund.

Falls es jemand noch nicht weiß: Ich bin ein fast schon fanatischer Wintersportler – egal, ab alpin oder nordisch, ob es unter quälender Anstrengung durch die Loipe geht oder mit 130 km/h die Abfahrtsstrecke hinunter oder auch durch den Eiskanal der Rodler: Ich schaue mir am Fernseher alles an! Neben dem sportlichen Erlebnis, dass man dabei hat, ist auch der komödiantische Effekt nicht zu unterschätzen! Für diesen sorgen allerdings nicht in erster Linie die Sportler, sondern meist die TV-Reporter mit ihren Interviewfragen, die sie an die manchmal siegreichen, manchmal glücklosen Läufer und Springer richten. Im nachfolgenden ein paar Auszüge aus Interviews, die ich tatsächlich so gesehen und gehört habe. Ich habe mir allerdings den Jux erlaubt, zwischendurch den tatsächlichen Antworten der Sportler in Klammern und kursiv die Antworten beizufügen, die ich mir als Fernsehzuschauer gewünscht hätte! Denn manchmal müsste man tatsächlich Folgendes antworten:

Frag nicht so blöd!

Der Weltcup-Abfahrtslauf der Herren ist beendet, der deutsche Teilnehmer ist unter 42 Teilnehmern 31. geworden und hat damit eher enttäuscht als begeistert. Der Reporter bittet ihn zum Live-Interview. Nachdem geprüft wurde, ob alle Sponsoren (Helm, Anzug, Brille, Schi, Stöcke, Schuhe, Mütze, Schal, Handschuhe, Iso-Getränk) für das unsportliche Fernsehvolk gut sichtbar sind, beginnt das Gespräch.

Reporter: Es hat heute nur zum 31. Platz gereicht – warum?
Versager: Tja, das ist die Frage.
Reporter: Aha! Und was ist der Grund?
Versager: Äh ... die Strecke war sehr selektiv, die Lichtverhältnisse diffus, in bestimmten Abschnitten war es eisig, aber nicht in allen, es war schwierig! Die Einfahrt vom Grumpler-Hang in die Hollerschneise, da war ich zu direkt und das Flachstück – naja, ich weiß nicht. *(Du Depp hättst dei Hosn scho gstricha voll ghabt, wennst bloß vom Starthäusl owegschaut hättst! Du waarst bei 500 Startern no Letzter worn! Woass da Deifl, warum i heit so hundsmatt war!)*
Reporter: Wären Sie gerne weiter vorn gewesen?

Versager:	Ich hatte mir eigentlich schon ausgerechnet, dass ich unter die Top 15 kommen könnte! Beim Training gestern wars noch viel besser, tja ... *(Wos host denn du graucht? Glaubst du, i wollt Letzter werden oder wos? Idiot!)*
Reporter:	Am Samstag ist ja schon die nächste Abfahrt – was haben Sie sich vorgenommen?
Versager:	Ich werde voll angreifen, voll Power! *(Hoffentlich wirfts mi ned!)*
Reporter:	Das hören wir gerne! Dann drücken wir Ihnen die Daumen, dass es besser klappt als heute! Weil ein 31. Platz ist ja nun nicht gerade das, was man sich wünscht! Sogar ein Schifahrer aus Taiwan liegt noch vor Ihnen!
Versager:	Ja, danke! Ich geb Vollgas am Samstag! *(Du mi aa! Muasst jetza des mit dem Taiwanesen aa no erwähnen? Bin eh scho blamiert bis dorthinaus, langt scho, wenn 7 Österreicher vor mir san!)*
Reporter:	Und was steht heute noch auf dem Programm?
Versager:	Äh ..., also wir, das heißt, der Trainer und ich, wir werden uns meinen Lauf noch zwei-, dreimal auf Video ansehen und ihn genau analysieren, dann werde ich noch ein leichtes Krafttraining machen und dann vielleicht noch eine Besprechung mit den Serviceleuten. *(Jetza kaaf i mir no a Halbe, dann hau i mi hi! I hob d'Schnauzn voll für heit!)*
Reporter:	Vielen Dank! Sie sehen, liebe Zuschauer, man kann nicht immer gewinnen! Aber besser wär's schon!

Wechseln wir nun die Sportart und kommen zum Biathlon. Die Anforderungen an die Athleten sind ganz anderer Natur, die Fragen der Reporter sind aber ähnlich professionell. Der Schlussläufer der deutschen Staffel hat alles versaut: Seine drei Mannschaftskameraden haben gute Laufzeiten gehabt und fehlerfrei geschossen, der glücklose vierte Mann hat von zehn Schüssen sieben daneben gesetzt und einen Kilometer vor dem Ziel ist er wegen eines Stockbruches gestürzt. Mit rotem Kopf, außer Atem und mit einem Speicheleiszapfen im Bart fällt er ins Ziel. Da der erste Eindruck immer der beste ist, stürzt der Reporter sogleich auf ihn zu. Der Biathlet steht auf und blickt mit verweinten Augen in die Kamera.

Reporter:	Ihr erster Kommentar?

Pechvogel: Scheiße! *(Scheiße!)*
Reporter: Eine ehrliche Antwort!
Pechvogel: *Blickt hilflos in die Kamera.*
Reporter: Wie erklären Sie sich, dass sieben Schüsse daneben gingen?
Pechvogel: Ich weiß auch nicht – bei den ersten beiden dachte ich, ich bin links hoch und habe mich mehr nach rechts unten orientiert, aber scheinbar war ich vorher schon rechts unten und war dann beim dritten Schuss ganz rechts ganz unten, der vierte und der fünfte haben dann gepasst, aber genau kann ich das auch nicht sagen, warum, vielleicht der Wind? *(Troffa hobi ned, Hanswurscht! Wenn i wissert, an wos des glegn hod, dann hätti ja aso gschossn, dass i triff!)*
Reporter: Wind war eigentlich kaum.
Pechvogel: Achso! Ja dann, dann weiß ich auch nicht. *(Hättst halt dann du gschossn! Du hättst wahrscheinlich an Streckenposten abknallt!)*
Reporter: Ist es in der Staffel besonders schlimm, weil dann die Mannschaftskameraden darunter leiden, wenn man kein gutes Rennen läuft?
Pechvogel: Natürlich! Weil wenn man in der Staffel kein gutes Rennen läuft, dann leiden die Mannschaftskameraden darunter! *(Des is überhaupt ned schlimm, im Gegenteil! I hob des mit z'Fleiß gmacht, weil mi des gfreit, wenn de andern drei so bläd schaun! Am schlimmsten is, dass i heit aaf d'Nacht pro Fehlschuss a Maß zahln muass! Des kimmt mir deier!)*
Reporter: Ich weiß nicht, ob Sie es wussten: Die deutsche Staffel lag ja nach dem dritten Läufer noch auf Siegkurs, zweiter Platz, nur sieben Sekunden hinter den führenden Norwegern!
Pechvogel: Tja, das ist schon brutal! *Wischt sich den ehemaligen Speicheleiszapfen, der nun taubedingt immer länger und flüssiger wird, aus dem Bart. (Sag amal, glaubst du, i bin bläd oder wos? Natürlich hob i des gwisst, i bin ja dabei gwen!)*
Reporter: Wie kann es sein, dass man dermaßen Probleme beim Schießen hat, wenn man das täglich seit Jahren trainiert? Erklären Sie es unseren Zuschauern!

Pechvogel: Es gibt so Tage, da läuft einfach nix! *(Wia kann des sei, dassma als Reporter, der seit Jahren nix anders macht, dermaßen blöde Fragen stellt?)*
Reporter: Wie muss man sich die Vorbereitung auf so ein Rennen vorstellen, erzählen Sie mal!
Pechvogel: Also, zuerst, gleich am Morgen, steht man auf! So um sieben, manchmal füher, manchmal später, je nachdem.
Reporter: Interessant! Und dann?
Pechvogel: Dann frühstückt man. *(Also vorher geh i persönlich aafs Klo, owa des werd i jetzt dir ned aaf d'Nosn bindn!)*
Reporter: Ah ja! Wie sieht so ein Frühstück aus?
Pechvogel: Äh, also eigentlich ganz normal: Rührei mit Schinken, Semmel mit Butter und Honig …
Reporter: Wurst? Käse?
Pechvogel: Auch! *(Host du no nie gfrühstückt oder wos? Oder haust du dir glei in da Friah glei drei Weizen eine? Deine bläden Fragen nach eher vier.)*
Reporter: Da hören Sie es, liebe Zuschauer – auch Leistungssportler essen Wurst und Käse! Und Obst?
Pechvogel: Och ja, mal einen Apfel oder eine Banane …
Reporter: Darf ich raten: Wegen der Vitamine?
Pechvogel: Ja genau! *(Weils mir schmeckt, Hanswurscht!)*
Reporter: Dachte ich es mir doch! Und dann?
Pechvogel: Ja, dann schauen wir uns die Strecke an …
Reporter: Die Rennstrecke, wo das Rennen dann stattfindet?
Pechvogel: Ja genau, die! *(Naa, de Streck vom Hotel zum Parkplatz, dassma unsern Bus finden, wennma hoamfahrn!)*
Reporter: Und dann noch ein leichtes Training?
Pechvogel: Ja genau. *(Naa, dann an Schweinshaxn mit vier Knödel und Kraut, dassma schneller laffa kinna und a Flaschn Bluatwurz, dassma besser treffen. I halts nimmer aus, de bläde Fragerei)*
Reporter: Hochinteressant! Danke, dass Sie den Zuschauern mal einen Einblick in Ihren Tagesablauf gegeben haben, obwohl es heute nicht so gut gelaufen ist! Dann wünschen wir alles Gute für das nächste Mal! Und jetzt geht's zurück ins Hotel?
Pechvogel: Ja genau! *(Ja freilich! Oder moanst du, i bleib da und frier mir den Arsch ab?)*

Reporter: Ist Ihre Freundin auch da?
Pechvogel: Leider nicht! *(de hätt mir jetza grad no gfehlt!)* *Verlässt das TV-Podest, rutscht aus, fällt zwar nicht hin, macht aber eine unglaublich tölpelhafte Figur. Der Reporter lacht herzlich und schadenfroh, weil er meint, dass er nicht im Bild ist. Er wird sofort ausgeblendet, es folgt Werbung für alkoholfreies Bier.*

Der Herrgott hat in seiner Schöpfung Tiere namens Vögel dafür vorgesehen, dass sie fliegen und Tiere namens Fische dafür, dass sie schwimmen. Dann gibt es noch eine Menge anderer Tiere, die kriechen oder laufen herum und die Krönung der Schöpfung ist ein Säugetier namens Mensch, das einzige Tier, das sich gegenseitig die Köpfe einhaut, was seine Intelligenz beweist. Manche Menschen bringen den göttlichen Plan durcheinander und fliegen, obwohl sie keine Flügel haben – man nennt sie Schispringer! Auch sie sind oft Opfer unglaublich blöder Fragen. Da gerade kein deutscher Springer greifbar ist, schnappt sich der deutsche Reporter einen finnischen Athleten, der soeben durch einen beherzten Sprung in Führung gegangen ist. Da der Reporter des Finnischen nicht mächtig ist, beginnt er das Interview in Englisch.

Reporter: Sulfuur Hellbirlainnen, that was a pretty good jump! Congratulations!
Springer: Ja, dankschön, der ist mir ganz guat gelungen!
Reporter: Ouh, you speak German? Even a little bit Bavarian!
Springer: Ja freilich! Meine Freundin ist aus Balderschwang und ich trainiere ja schon seit zwei Jahren mit der deutschen Mannschaft mit! Und im Sommer bin ich immer so zwei, drei Monate bei der Freundin daheim.
Reporter: That is beautiful! Do you like Balderschwang and the Allgäu?
Springer: You can speak German with me! *(Wos bist denn du für a Gehirnakrobat?)*
Reporter: Oh, danke schön! Gefällt es Ihnen in Deutschland?
Springer: Schon!
Reporter: Haben Sie schon Heiratspläne?
Springer: Also konkret noch nicht. *(Willst du übers Schispringa mit mir reden oder über mei Sexualleben? Weil dann geh i glei!)*
Reporter: Ah ja! Naja, was nicht ist, kann ja noch werden, haha!

Springer:	Haha! *(Jetza frag endlich des, wos du fragen willst, mi friert wia d'Sau! Durch meine Knochen pfeift da Wind, weil Fleisch hob i kaum drauf mit meine 48 Kilo.)*
Reporter:	Zu Ihrem Sprung: Der war ja ganz gut – wie war ihr Gefühl?
Springer:	Ganz gut.
Reporter:	Ganz gut also ... hat der Schneefall nicht gestört?
Springer:	Eigentlich nicht.
Reporter:	Nicht?
Springer:	*Kopfschüttelnd:* Nö!
Reporter:	Sie sind ja jetzt mit Ihrem Sprung in Führung gegangen, was heißt das für Sie und vor allem: Was bedeutet das für den zweiten Durchgang? Was ist noch drin heute für Sie? Glauben Sie, dass ein Platz auf dem Stockerl noch möglich ist? Das wäre ja dann unter den ersten drei!
Springer:	Ja, also Führung ist schon mal gut, aber es kommen ja noch 23, da muss man erst mal abwarten! *(Mensch Meier, jedes Mal de gleichen blöden Fragen!)*
Reporter:	Und im zweiten Durchgang?
Springer:	Da auch!
Reporter:	Ist es ein schönes Gefühl, wenn man unten ankommt und dann leuchtet die Eins auf und man weiß: Man ist in Führung?
Springer:	Das ist schon ein schönes Gefühl – besser als wenn die 10 aufleuchtet oder die 20.
Reporter:	Das stimmt! Das können unsere Zuschauer sicher nachvollziehen. Liebe Zuschauer, Sie haben es gehört: Wenn man in Führung liegt, das ist ein schönes Gefühl! Moment, Sulfuur, ich höre gerade Neuigkeiten von der Regie! *Hört angestrengt, was der Kopfhörer sagt.* Aaah ja, wir schalten kurz runter zu meiner Kollegin Annika, sie hat schisprungbegeisterte Fans am Mikro. Hallo Annika!

Scheinbar hat man dem Reporter über Kopfhörer gesagt, dass sein Interview wie immer grottenöde ist und dass man eine Liveschaltung zu seiner Kollegin macht, die sich mit stylischer Zipfelmütze unter die zahlreichen Zuschauer gemischt hat und besonders sehenswerte Exemplare interviewen möchte. Das Echo ist zweigeteilt: Manche ergreifen die Flucht, um nichts sagen zu müs-

sen, andere sind extrovertierter und drängen nach vorne, um ein Statement abzugeben. *Ein besonders malerischer Fan mit Rauschebart und einer Styroporsprungschanze auf dem Hut darf als Erster etwas sagen.*

Reporterin: *Bereits im Bild:* Ja hallo, hier ist die Anita!
Reporter: Ach ja, Anita natürlich, sorry!
Reporterin: *Hält dem Rauschebart das Mikro vor den Mund.* Sie sind ...
Hubert: I bin da Hubert!
Reporterin: Wo kommen Sie her?
Hubert: Mir san aus da Naad vo Rengschbuag, extra hergfohrn! *Die Kamera filmt die Sprungschanze auf Huberts Kopf in Nahaufnahme, man erkennt sogar einen kleinen Schispringer, der gerade vom Schanzentisch abhebt. Hinter Hubert stehen seine Begleiter mit kleinen Spirituosenflaschen in der Hand und schneiden Grimassen. Gottlob sind sie angetrunken und merken nicht, wie sehr sie sich vor der ganzen Nation zum Affen machen.*
Reporterin: *Verständnislos, hat nichts von dem kapiert, was Hubert von sich gegeben hat:* Äh, wo kommen Sie her?
Hubert: Aus der Nähe von Regensburg! *Einer seiner Begleiter macht sich lustig, weil Hubert gezwungen wurde, hochdeutsch zu sprechen: „Aus der Nähe von Regensburg! Er!"*
Reporterin: Und wer ist Ihr persönlicher Favorit?
Hubert: Da Severin ist da Beste! Da Severin Freund! *Deutet stolz auf das Männlein auf seiner Hutschanze:* Des isa, da Severin! Des is einfach da Beste! Unser Severin! *Hubert kommen fast die Tränen, weil sein Severin so super ist, einer seiner Begleiter ruft verbittert aus der dritten Reihe: „Wenn ned da Pre... Predings wieder gwingt vo Slowakei! Der regt mi aaf, wal der allaweil gwingt! Da Severin hupft super, dann kimmt da ander und hupft no superer! Der macht mi dermaßen aggressiv!"*
Hubert: Der is vo Slowenien, du Hanswurscht! Bi staad do hintn! Und außerdem is da Severin da Beste und aus! *Brüllt:* Deutschland!
Reporterin: *Hat außer „Severin" kaum etwas verstanden und geht mit ihrem Mikrofon weiter zu einer Gruppe junger Mädchen, die kichernd und frierend an der Bande stehen.* Und euch gefällts auch hier in Garmisch?

Mädel 1:	Is voll cool hier!
Mädel 2:	Total cool!
Mädel 1:	Wir sind jedes Jahr hier zum Neujahrsspringen!
Mädel 2:	Jedes Jahr, ohne Witz! Weil hier isses echt so cool! Und die ganzen Springer und so, voll cool!
Reporterin:	Und wo kommt ihr her?
Mädel 3:	Aus Garmisch!
Mädel 4:	*Euphorisch:* Des is sooo cool!
Reporterin:	Sie sehen, liebe Zuschauer: Die Fans sind gut drauf! So, und jetzt zurück an die Schanze, der erste deutsche Teilnehmer ist dran!
Mädel 1:	Darf ich noch jemand grüßen?
Reporterin:	Aber ganz schnell! Wir müssen zurückschalten an die Schanze!
Mädel 1:	Also, ich grüße die Peggy, die Susi, den Nico, die Jenny, die Katinka, den Sven, den anderen Sven ...
Mädel 2:	Und den Mirco, der is voll süß! *Hüpft, wie auch Mädel 1,3 und 4 begeistert in die Luft, weil Mirco so süß ist.*

Die Regie schaltet um, die Mädels grüßen noch eine Weile weiter, weil sie nicht merken, dass sie nicht mehr im Bild sind. Der erste deutsche Teilnehmer springt, der Reporter kommentiert fachmännisch den kompletten Sprung.

Reporter:	Relativ gute Verhältnisse momentan, der Wind oben mehr von der Seite, in der Mitte leichter Aufwind, unten auch, das könnte weit gehen, wie erwischt er den Absprung? Eieiei, viel zu spät, viiiel zu spät, etwas unruhig in der Luft, der linke Schi kommt nicht so richtig, warum kommt der nicht so richtig, die Hüfte ist durchgestreckt, das Flugsystem als Ganzes stimmt, naja, doch nicht, der linke Schi ist jetzt gekommen, wichtig wäre es, dass er zumindest den K-Punkt schafft, ja das schafft er locker, die Landung ... die Landung passt, das dürften ziemlich genau 130 Meter sein und damit die Führung, warten wir die Weite und die Wertung ab ..., 124 Meter, Punktabzüge wegen des Aufwindes, das reicht nicht, das wird nur der zweite Platz ..., auch nicht, es wird der fünfte! *Mit Blick*

	zum österreichischen Ex-Skispringer, der als Experte fungiert: Was meint unser Experte zu diesem Sprung?
Experte:	Jetza is er gor ned so weit ghupft, wiama gmoant hamm!
Reporter:	Danke für diese Analyse! Platz 5, es kommen noch 22 Springer, das wird schwierig. Der nächste Springer dürfte allerdings keine Gefahr sein, er ist heuer noch nie in die Top 30 gekommen!
Experte:	Der is bestimmt koa Gefahr, der is heier ned in Form!

Der Springer, der keine Gefahr ist, springt auf Platz 1.

Reporter:	Das konnte man nicht erwarten, da hat er uns Lügen gestraft!
Experte:	Unglaublich eigentlich!
Reporter:	Wieso ist es jetzt bei dem so weit gegangen?
Experte:	Ich kann es mir nur so erklären, dass er einen guten Sprung erwischt hat.
Reporter:	Das ist nicht ausgeschlossen! Und warum ausgerechnet heute?
Experte:	Weil alles gepasst hat!
Reporter:	Sie hören es, liebe Zuschauer, heute hat alles gepasst! Jetzt gibt es eine Windunterbrechung und wir schalten kurz um zur Werbung.

Es folgt eine Werbung, in der die alltägliche Situation gezeigt wird, wie ein Auto der gehobenen Klasse bei minus 50 Grad und Schneesturm den Montblanc hinaufrast.

Eine Wintersportart, zu der mich eine Hassliebe verbindet, ist der Slalom. Einerseits elegant und schön anzuschauen, andererseits die hohe Ausfallquote, die mich als Zuschauer manchmal beinahe in den Wahnsinn treibt, weil es meistens akkurat einen von denen derbröselt, auf die man seine Hoffnungen gesetzt hat. In der folgenden Berichterstattung geht es um den Slalom der Herren, der trotz Schneemangel durchgeführt werden kann, da man eine schneeähnliche weiße Masse aus Wasser, Salz und allerlei unbekannten Chemikalien produziert hat, auf der die Stangentänzer herabrutschen können. Bleibt zu hoffen, dass die Schianzüge dicht sind, damit keine Chemikalien an die empfindliche Haut der Spitzensportler gelangen.

Reporter: Liebe Zuschauer, ich begrüße Sie bei fast frühlingshaften Temperaturen hier in Slowenien! Ein Kompliment an die Veranstalter, die trotz der nicht gerade winterlichen Witterung eine sehr schöne Weltcupstrecke hingezaubert haben. Kurssetzer für den ersten Durchgang ist der finnische Trainer Indiekurfeleinen, er hat es den Athleten einfach gemacht, es sind keine erkennbaren Schwierigkeiten oder Fallstricke erkennbar. Freuen wir uns auf einen schönen ersten Durchgang hier in dieser herrlichen Landschaft. Der deutsche Teilnehmer hat das Glück, die Startnummer 1 zu haben und kann sicher die noch einwandfreie Strecke ausnutzen. Ein besonderer Dank an die freiwilligen Helfer, die den Kurs hervorragend präpariert haben. Und schon geht's los, er gilt ja als einer der Favoriten nach seinem zweiten Platz beim Nachtslalom von Schladming.

Der deutsche Mitfavorit fädelt beim ersten Tor ein und ist nach 3,47 Sekunden ausgeschieden. Eine lähmende Stille kommt aus dem Fernseher, nur unterbrochen von einem von fern hörbaren „Scheiße" des Ausgeschiedenen. Erst nach einiger Zeit ist der Reporter wieder in der Lage, zu sprechen.

Reporter: Das darf nicht wahr sein! Das darf nicht wahr sein! Eingefädelt am ersten Tor! Lassen Sie mich nachschauen ... das ist das letzte Mal passiert bei einem Weltcuprennen vor... vor 17 Jahren! Aber, liebe Zuschauer, es überrascht mich nicht! Diese miserablen Strecken-, Licht- und Schneeverhältnisse sind eine Zumutung! Man hätte den Slalom hier gar nicht starten dürfen! Und dann diese hinterhältige Kurssetzung! Schon das erste Tor gegen die Richtung gesteckt! Das ist -entschuldigen Sie den Ausdruck- , das ist einfach unfair! Ich bin gespannt, wie viele dieser Topathleten heute hier ausscheiden. Es sind 71 Teilnehmer gemeldet, mich würde es nicht wundern, wenn für den zweiten Durchgang nicht einmal 30 übrigbleiben. Denn man muss berücksichtigen, dass durch die Wärme die Strecke immer schlechter wird!

Das Rennen geht weiter, von den 71 Teilnehmern scheiden 70 nicht aus.

In manchen Haushalten dümpelt die Adventszeit ohne besondere Höhepunkte vor sich hin, ein Glühweinrausch beim Christkindlmarkt oder eine Verstopfung wegen zu vieler Plätzchen sind oft schon regelrechte Highlights. Erst das Aufstellen des Christbaums und das Anbringen seines Behangs, traditionell am Tag vor dem Heiligen Abend, leitet den Höhepunkt des Festes ein. Manchmal geschieht dies in harmonischer Stimmung, oft ist die Atmosphäre aber auch recht gereizt, weil nichts so hinhaut, wie es sollte. Einen besonderen Sensor für emotionale Schwankungen bei und zwischen Erwachsenen haben Kinder. Sie wirken oft un- oder nur wenig beteiligt, kriegen aber alles mit. Darum lassen wir doch ein Kind erzählen, wie es bei ihm daheim so zugeht beim

Christbaumschmücken

Unser Religionslehrer hat gesagt, dass das Jesukindlein im Stall in Bethlehem geboren ist, weil die Hotels waren voll und die Jugendherberge bestimmt auch. Aber Josef und Maria waren trotzdem glücklich und alle freuten sich und Josef hatte Maria lieb und Maria hatte Josef lieb und das Jesukindlein hatten beide lieb und der Ochs hatte den Esel lieb und der Esel den Ochs und alles war friedlich und still. Das ist kein Wunder, weil sie hatten keinen Christbaum.
Denn wenn man einen Christbaum hat, ist es nicht so einfach. Einen Tag, bevor das Christkindl kommt, steht mein Vater in der Frühe auf und er ist gut gelaunt und hat Urlaub und beim Frühstück macht er sogar einen Jux und Mama lacht und ich auch, weil wir so einen lustigen Papa haben.
Wenn wir mit dem Frühstück fertig sind, sagt er: „Mia liawa, des war a guads Frühstück! Und etza gehe ich zum Eisstockschießen!" Dann sagt meine Mutter: „Erst musst du den Christbaam hereinholen und dann schmücken wir ihn und dann derfst Eisstockschießen! Du brauchst ihn eigentlich bloß holen und aufstellen, schmücken tu ihn dann ich!"
Sofort macht mein Vater keinen Jux mehr und er schaut wie ein Deifl und sagt: „Ja fix, scho wieder! Dauernd des Weihnachten! Langt scho des Gfetz mit de Geschenke, owa der Christbaam!" Meine Mama sagt,

er soll sich nicht so haben, weil es ist alle Jahre das Gleiche und nicht so schlimm. Er soll nicht immer schon jammern, bevor es losgeht.
Dann geht mein Vater ganz grantig in die Garage, wo der Christbaum liegt und will ihn holen. Zwei Minuten später kommt er wieder herein und fragt, wo die Handschuhe sind, weil der Christbaum sticht wie die Sau und er will keine Blutvergiftung, weil heutzutage ist alles verseucht, auch die Christbäume. Die werden nämlich gespritzt, dass sie kein Reh frisst oder ein Wildschwein, denn die hungert immer und im Winter sowieso.
Mama gibt ihm Handschuhe und er geht wieder hinaus und man hört ihn schimpfen. Dann hört man eine Weile nichts und dann einen Schepperer, weil in der Diele ebbs heruntergefallen und zerbrochen ist. Und wir wissen auch warum, weil es ist alle Jahre das Gleiche: Der Christbaum ist länger, als man glaubt und wenn Papa um das Eck geht von der Diele in das Wohnzimmer, haut er mit dem Schwanz vom Christbaum, der auf hochdeutsch Gipfel heißt, eine von den drei Vasen herunter, die wo dort auf einem Brett stehen, damit die Diele schöner ist.
Aber da kann er nichts dafür, weil schuld ist Mama, weil sie immer etwas hinstellt, obwohl sie weiß, dass es gefährlich ist. Nur einmal hat er nichts heruntergehaut, da hatten wir Glück, weil da ist der Wind recht gegangen und wie Papa mit dem Christbaum aus der Garage kam, hat es die Garagentür zugeweht und die Tür hat den Christbaum abgezwickt. Ungefähr einen halben Meter unterhalb dem Gipfel war schon Schluss mit ihm und das obere Stückerl lag in der Garage. Da war er dann so kurz, dass man mit ihm nichts mehr herunterhauen konnte und Mama hat an Weihnachten niemanden eingeladen, weil sie sich geschämt hat wegen ihm und sie hat gesagt, das ist ein erbärmliches Gewächs. Aber normal ist es so, dass Papa mit dem kompletten Christbaum hereinkommt, der wo nicht abgezwickt ist und dann sagt er zur Mama: „So, da hast das Drumm! Jetzt kannst ihn schmücken!"
Dann sagt Mama: „Jetzt noch nicht, weil du brauchst erst einen Ständer!"
Natürlich hat Papa keinen Ständer und er weiß auch nicht, wo er ist, obwohl er immer am gleichen Platz ist im Keller zwischen den Schiern und den eingemachten Zwetschgen. Mama erklärt es ihm und er holt ihn und kommt dann mit einem Ständer wieder ins Wohnzimmer und

schaut schon auf die Uhr wegen dem Eisstockschießen, weil er hat es mit seinen Freunden ausgemacht und die warten schon auf ihn.
Doch er darf noch nicht weg, denn der Baum muss in den Ständer und das ist nicht einfach. Der Ständer hat oben ein Loch, aber das sieht Papa nicht, weil die Äste vom Baum zwischen seinen Augen und dem Loch sind. Darum steht Mama auf der anderen Seite vom Ständer und sagt zu Papa „mehr links" oder „mehr rechts" und er sagt, „wie links? Von dir aus links oder von mir aus?" und sie sagt „von mir aus, also von dir aus rechts!" Ich sitze mit einer Leberkaassemmel auf der Couch und schaue zu und freue mich, weil es ist lustiger als der Fernseh.
Wenn er das Loch endlich gefunden hat, wird er noch grantiger, weil der Stamm vom Christbaum zu dick ist für das Loch. Er sagt „kreizbirnbaam, der basst ned eine" und will in die Garage und ein Saagl, das ist eine kleine Säge, holen und den Stamm unten stutzen, bis er dünner wird. Mama sagt dann „untersteh dich und saagle im Wohnzimmer herum! Dass die ganzen Sägespäne am Teppich liegen und ich kann ihn dann wieder putzen! Nimm den Baam mit hinaus und stutze den Stamm in der Garage!"
Mein Vater wird noch grantiger und ist schon ein wenig rot im Gesicht und sagt: „Jetzt glangts mir dann gleich, das sag ich dir! Ich wenn jetzt meinen Blutdruck messen daadert, der waar 220 oben und 150 unten! So regt mich der elendige Baam auf! Ich sag schon zehn Jahre, dass wir uns einen Plastikbaam kaufen sollen, aber du immer mit deiner romantischen Stimmung! Was soll daran romantisch sein, wenn der Ständer zu klein ist, besser gesagt das Loch! Jedes Jahr das gleiche Theater, i werd no narrisch!"
Dann nimmt er denn Baum und geht mit ihm wieder hinaus und in der Diele hört man wieder einen Schepperer und das ist dann die zweite Vase, weil die erste war schon hin vom Hereingehen. Er lässt die Haustüre offen, damit man ihn saageln und fluchen hört und dass Mama merkt, was er leistet und wie er sich opfert.
Es dauert ziemlich lange, weil unser Saagl ist ein Glump und stumpf. Wenn dann das untere dicke Stück vom Stamm weg ist, kommt er wieder herein. Der Baam ist zwar dann ein wengerl kürzer, aber für die dritte Vase in der Diele reicht es noch und man hört wieder einen Schepperer und Mama sagt: „Am gescheitesten wäre es, ich wünsche mir an Weihnachten immer drei neue Vasen, weil ich die eh brauche

wegen dem Trampel!" Aber sie sagt es leise, weil wenn es Papa hören würde, wäre sein Blutdruck 300.

Dann geht es wieder weiter mit dem lustigen Baum-ins-Loch-Spiel und ich hole mir aus der Küche noch einen Saft, weil es dauert länger. Papa hebt den Baum hoch und tut ihn wieder runter und Mama sagt links oder rechts und er fragt von wo aus. Irgendwann erwischt der das Loch und der Christbaum ist endlich im Ständer. „So, gottseidank", sagt Papa, „jetzt noch fixieren und dann zum Eisstockschießen!" Er drückt auf einen Hebel, der unten am Ständer ist und sagt dann: „Der Baam ist drin!" Und er ist schon wieder besser gelaunt, doch das ist nur vorübergehend. Denn Mama schaut den Baum an und sagt: „Er ist schon drin, aber er ist schief!" Und das stimmt! Weil wenn ich von der Couch aus hinschaue, hängt er in Richtung Fenster. Papa sagt dann etwas, das darf ich hier nicht schreiben, sonst komme ich in die Hölle. Er bückt sich mit einem roten Kopf hinunter und drückt am Hebel herum, bis der Baum wieder locker wird. Dann bewegt er ihn hin und her und Mama sagt immer „mehr zum Wohnzimmerschrank, a bisserl mehr zur Terrassentür, noch a wengerl in Richtung Fenster, jetzts passt es – nein, doch nicht!" Papa schnauft ganz fest, halb vor Zorn, halb vor Schmerz, weil er so lange knieen muss.

Irgendwann passt es dann und Mama sagt „er steht zwar nicht total gerade, aber wenn man nicht ganz genau hinschaut, dann merkt man es nicht!" Dann steht Papa auf und schaut selber und er sagt, gerader geht's gar nicht und dass es perfekt ist und wurscht ist es auch und jetzt geht er zum Eisstockschießen. Schmücken soll sie den Baum selber, weil das mit den Kugeln und Engerln, das ist eine Weibersache und nichts für ihn.

„Aber die elektrischen Kerzen musst du noch dran tun, denn das ist eine Männersache!", sagt Mama und das stimmt. „In Gottes Namen", sagt er, „wo sind die Drümmer?"

„Da wo sie immer sind", antwortet Mama, aber das hilft nichts, weil Papa weiß nicht, wo das ist, obwohl er sie selber dort hin getan hat. Mama erklärt es ihm, dass das in einer Schachtel im Keller ist und er holt sie herauf. Wenn er heraufkommt, ist sein Blutdruck schon wieder weiter oben, denn die Kerzen sind total verwurschtelt – eigentlich nicht die Kerzen, sondern die grüne elektrische Schnur, wo sie dranhängen.

Papa setzt sich neben mich auf die Couch und entwurschtelt die Schnur und ich sage zu ihm, dass sie noch nie so verwurschtelt war wie heuer. Dann schaut er mich ganz komisch an und sagt: „Schweig, weil wenn du jetzt was Falsches sagst, kann es dumm ausgehen für dich!" Da fürchte ich mich dann direkt und ich sage nix mehr und hole mir lieber noch einen Saft.

Papa tut mir leid und als ich mit dem Saft aus der Küche zurückkomme, sage ich zu ihm: „Tu dich nicht hinab, Papa, bis morgen das Christkind kommt, schaffst du es gewiss!" Er zischt ganz leise: „Drah den Fernseh auf oder geh in dein Zimmer oder bau einen Schneemann oder häng dich meinetwegen auf, aber sag nichts mehr zu mir!"

Da dreh ich lieber den Fernseh auf und es kommt gerade eine Weihnachtssendung und eine Frau im Dirndl sagt: „Der Gänsebraten schmurgelt im Holzofen, die fleißige Mama backt Plätzchen, der gütige Vater zündet am Baum die Kerzen an, die alte Oma strickt Socken für die braven Enkel und die braven Enkel basteln Geschenke für Mama und Papa. Und es ist eine ruhige und friedliche Stimmung im ganzen Haus!" Als Papa das hört, sagt er: „Schalt um, sunst hau ich den Fernseh zamm!" Ich schalte um und im anderen Programm kommt ein Krimi, der heißt „Der Weihnachtsmörder" und Papa sagt, den Mann versteht er total.

Ungefähr eine Viertelstunde später hat er die Kerzen entwurschtelt und Mama sagt, jetzt braucht er sie nur noch an den Baum hängen und dann ist er erlöst. „Nur noch ist gut" sagt er, „du weißt genau, was das allerweil für ein Zirkus ist!" Und er hat recht! Die ersten zwei oder drei Kerzen gehen ja noch, aber dann wird es mit der Schnur immer knapper und er rennt ständig um den Baum herum, damit es ausgeht, aber es geht nicht aus. Dann tut er die Kerzen, die er zuerst drangeklemmt hat, wieder herunter und fängt anders an, aber nach drei oder vier Kerzen geht es wieder nicht aus und Mama sagt, er muss es ganz anders machen und ob er es nimmer weiß vom letzten Jahr und Weihnachten sollte öfter sein, dann könnte er es sich besser merken. Papa sagt, das würde ihm noch fehlen. Irgendwie schafft er es dann doch, dass alle Kerzen dran sind und dann steckt er stolz den Stecker rein und siehe da – sie brennen nicht!

„Wenns nach mir geht, nehme ich jetzt das ganze Graffel und fahre es in die Müllumladestation und wir kaufen schlagartig einen Plastik-

baum, wo die Kerzen schon integriert sind!", sagt er, "weil mich das dermaßen aufregt, dass ich es keinem Menschen sagen kann!"
Mama beruhigt ihn und sagt, er soll einfach noch einmal alle Kerzen prüfen, vielleicht ist eine bloß locker. "Dann prüf mit!", sagt er, "und steh nicht bloß daneben und schmatz schlau daher!" Mama sagt dann, er soll nicht so aggressiv sein zu ihr, weil sie kann ja nichts dafür, dass Weihnachten ist. Dann prüfen sie zu zweit und tatsächlich war eine Kerze locker und der Baum strahlt wie ein Christbaum.
"Siehst du es", sagt Mama, "so schlimm war es doch nicht!" Aber Papa sagt, es war sehr schlimm und langwierig. Und jetzt braucht er nimmer zum Eisstockschießen gehen, weil die anderen bestimmt schon eine Flasche Bärwurz getrunken haben und wenn er dann stocknüchtern daher kommt, ist es peinlich. Er geht dann lieber zum Schafkopfen, weil die könnten um diese Zeit noch nüchtern sein.
"Bevor du gehst, Franz, könntest du mir noch einen Tipp geben, wie ich heuer den Christbaum schmücken soll! Eher Richtung rot oder eher Richtung blau - oder silber? Was hast du für eine Tendenz?"
"Die Farbe ist mir wurscht", sagt er, "aber meine Tendenz ist auf jeden Fall in Richtung Plastik!"
Dann geht er zum Schafkopfen, weil am Heiligen Abend darf er nicht.

Was gibt es Schöneres, als abends auf der Couch zu liegen, eine Packung Chips und, damit es noch gesünder wird, eine Literflasche Cola vor sich zu haben und einen spannenden Krimi zu genießen, der im Fernseher läuft. Noch dazu, wenn man Weihnachtsurlaub hat und am nächsten Tag nicht aufstehen muss. Das hat sich auch der Sepp gedacht und den Tatort aus München eingeschaltet. Es ist sehr spannend heute, man hat eine unbekannte männliche Leiche am Isarufer gefunden, gerade verdichten sich die Indizien, dass es sich um eine schillernde Figur der Münchner Schickeria handelt und dass ein bekannter Sänger eine nicht unwesentliche Rolle in dem kriminellen Umfeld zwischen Drogen, Prostitution und Korruption spielt. Die Spannung steigt, ein wohliger Schauer läuft Sepp über den Rücken und er ist schon sehr gespannt, wie die Sache ausgeht. Es freut ihn zusätzlich, dass die Gattin nicht daheim ist und er ohne tadelnde Worte der Angetrauten die Chips in sich hineinstopfen und mit Cola die Reste aus den Zähnen spülen kann. Er ist völlig ungestört und denkt sich, dass das Leben an sich schon schön ist. Aber dann passiert es: Das Telefon läutet und

Tante Frieda wünscht frohe Weihnachten

Telefon:	Rrrring, rrrring!
Sepp:	*Sieht auf die Uhr.* Himmel, Arsch und Zwirn! Wos für ein Depp ruaft am Sunnta aaf d'Nacht um viertel nach neine o! Grad jetza, wo's so spannend is! I steh ned aaf!
Telefon:	Rrrring, rrrring, rrrring, rrrring, rrrring!
Sepp:	Ja kruzenäsn! Hätt i bloß den Anrufbeantworter eigschalt! Dann daads vo selber aafhörn!
Telefon:	Rrrring …!
Sepp:	*Sehr grantig:* Des gibt's doch ned! Sowos hartnäckigs! Des wenn aso a Hanswurscht is, der a Umfrage macht oder oaner vo da Telekom, der mir an neia Tarif aafschwatzen will, dann bring eam um! *Quält sich aus der Hänge- in die Stehposition, unzählige Chipskrümel fallen vom Jogginganzug auf den Boden, er geht in die Diele zum Telefon, das er sofort mit ins Wohnzimmer nimmt, um den*

	Krimi weiterverfolgen zu können. Nachdem das „rrrring" nicht aufhört, hebt er ab. Ja?
Tante Frieda:	Sepp?
Sepp:	Ja!
Tante Frieda:	Bistas du, Sepp?
Sepp:	Ja, i!
Tante Frieda:	I bin's!
Sepp:	Wer? *Sieht zum Bildschirm und füllt in den Mund Chips nach.*
Tante Frieda:	No geh jetza, kennst mi ned?
Sepp:	Momentan ned! *Sieht hochkonzentriert auf den Fernseher, da die Ermittler soeben ein Bordell betreten.*
Tante Frieda:	No i, d'Tante Frieda!
Sepp:	*Starrt den gebannt auf den Bildschirm, da sich dort bzw. im Bordell mehrere halbnackte Frauen tummeln.* Ja mi leckst am Arsch!
Tante Frieda:	*Schockiert:* Wooooos??
Sepp:	Äh …, entschuldige, da war grad wos Schockierendes am Fernseh! Wer is dran?
Tante Frieda:	D'Tante Frieda!
Sepp:	Tante Frieda! Du bistas!
Tante Frieda:	Ja genau!
Sepp:	Und? Wos gibt's? Is wos?
Tante Frieda:	I wollt eich bloß frohe Weihnachten wünschen!
Sepp:	*Ist nach wie vor durch die knusprigen Damen abgelenkt.* Warum?
Tante Frieda:	Wos warum?
Sepp:	Achso, ja! Dankschön! Dir aa! Also nacha …
Tante Frieda:	Und? Wia geht's allaweil?
Sepp:	Passt scho! Muass geh! Also nacha …
Tante Frieda:	D'Hildegard is ebba ned dahoam?
Sepp:	Wer? *Man sieht eine Dame in schwarzen Dessous mit einem der Polizisten reden – in Nahaufnahme!*
Tante Frieda:	D'Hildegard! Dei Frau!
Sepp:	Achso, **de** Hildegard! Naa, de is ned do, de hod heit Weihnachtsfeier beim katholischen Frauenbund! Also nacha …

Tante Frieda: De is ja do zwoate Vorssitzende bei denen!
Sepp: *Starrt auf den Fernseher, da sich nun eine unbekannte nackte Frau auf einem Balkon versteckt.* Wer?
Tante Frieda: D'Hildegard!
Sepp: De is beim Frauenbund, Weihnachtsfeier! *Spült mit Cola den Mund aus, da der Chipsbrei an den Zähnen klebt. Trinkt das Cola aus der Literflasche, um Hildegard das Gläserspülen zu ersparen.* Die ist übrigens bei der Frauenbund-Weihnachtsfeier!
Tante Frieda: Jaja, des host scho gsagt! Sie is ja allaweil no zwoate Vorsitzende!
Sepp: *Mit ständigem Blick auf die kriminellen bzw. hocherotischen Vorgänge im Fernseher:* D'Hildegard?
Tante Frieda: Ja!
Sepp: Is de zwoate Vorsitzende? *Die Polizisten haben nicht bemerkt, dass die Nackte auf dem Balkon ist – was kein Wunder ist, da sie sich mit der fast Nackten in den schwarzen Dessous beschäftigen.*
Tante Frieda: No freilich!
Sepp: —
Tante Frieda: Sepp?
Sepp: Äh ..., ja, wos sagst?
Tante Frieda: No freilich hobi gsagt!
Sepp: No freilich? No freilich wos?
Tante Frieda: No freilich is d'Hildegard zwoate Vorsitzende!
Sepp: D'Hildegard?
Tante Frieda: Ja, d'Hildegard, dei Frau!
Sepp: De is zwoate Vorsitzende?
Tante Frieda: Genau!
Sepp: Wo?
Tante Frieda: Beim Frauenbund!
Sepp: Ja genau, des stimmt! De hamm heit Weihnachtsfeier! Do is sie durt! Drum is ned do! *Ist nervlich sehr angespannt, da die nackte Dame auf dem Balkongeländer balanciert und abzustürzen droht!*
Tante Frieda: Des host scho zwoamal gsagt!
Sepp: *Mit bangem Blick zum Fernseher:* Mensch Deandl, pass aaf!

Tante Frieda:	Wos? Aaf wos soll i aafpassn? Und warum sagst du Deandl zu mir? I bin 79 Johr olt!
Sepp:	Naa, des war wos anders! I war kurz in Gedanken. Also nacha ...
Tante Frieda:	Und eich geht's guat?
Sepp:	Wos? Äh ... jaja, uns geht's guat! Mei, wias halt aso is! Amal aso, amal aso!
Tante Frieda:	Und da Hildegard ihra Halswirbelsäule is wieder besser?
Sepp:	*Mit schockiertem Blick auf den Fernseher:* Ach du Schreck! Jetza hodses vom Balkon oweghaut!
Tante Frieda:	*Total schockiert:* Ja, um Gottes Willen! Du host doch gsagt, de is beim Frauenbund!
Sepp:	*In Gedanken auf dem Balkon des Bordells:* Beim Frauenbund? Im Puff is de!
Tante Frieda:	*Noch schockierter:* Wo is de?
Sepp:	*Völlig geistesabwesend:* Ja, de war doch nackert am Balkon, de hodse versteckt! Wega da Polizei!
Tante Frieda:	Wooos??? D'Hildgard? Nackert? Versteckt? Ja, wos is denn bei eich los?
Sepp:	*Wieder in der Realität:* Naa, ned d'Hildegard, de is ja beim Frauenbund! Da war grad am Fernseh wos da mit an Balkon! Also nacha, dir aa frohes Fest und ...
Tante Frieda:	Wos is jetza mit da Hildegard ihrer Halswirbelsäule? Duats immer no so weh?
Sepp:	Des scho, owa es is nimmer so schlimm, weil jetza duat ihr da Zahn no weher, dann gspürts des mit da Halswirbelsäule nimmer aso!
Tante Frieda:	Omei, de Hildegard! Do duats mir fei scho leid!
Sepp:	Jaja, mir aa! Also nacha ... *Kann den Blick nicht vom Fernseher lassen, da jetzt die Bordellbesitzerin vernommen wird, die einige delikate Informationen über hochgestellte Persönlichkeiten hat, er möchte das seiner Meinung nach sinnlose Telefongespräch endlich beenden.*
Tante Frieda:	Und da Bua?
Sepp:	Wos für a Bua?
Tante Frieda:	Eier Sohn, da Christian!
Sepp:	Ach, der! Jaja, der lebt aa no!
Tante Frieda:	Des will i hoffa! Is er no in München?

Sepp:	*Geistesabwesend:* Jaja, im Bordell!
Tante Frieda:	Wo??? Im Bordell?
Sepp:	*Verwirrt:* Äh, naa, do host mi falsch verstanden! Im Hotel is er, im Hotel! Er lernt doch Hotelfachmann!
Tante Frieda:	Mei, der Christian! Do kimmt er bestimmt amal viel umananda in da Welt! I woass no, wia er Kommunion ghabt hod und jetza is er in München! Omeiomei!
Sepp:	Jaja, d'Zeit vergeht! Jetza is scho halbe zehne! Also nacha ...
Tante Frieda:	Bei uns is aa alles klar soweit!
Sepp:	Des gfreit mi! *Die Polizei verlässt das Bordell, um mit Blaulicht zu einem Verdächtigen zu fahren, den die Bordellbesitzerin verraten hat.* Also nacha ...
Tante Frieda:	Da Onkel Heinz hod ja a neie Hüftn jetza!
Sepp:	Ah geh? Gfallts eam? *Die Polizei rast durch das nächtliche München.*
Tante Frieda:	Wos hoasst gfallts eam? Er hods ja no ned gseng. Owa er konn wieder viel besser geh!
Sepp:	Des gfreit mi! Sagst eam an scheena Gruass und aa frohe Weihnachten, gell! *Die Polizisten steigen aus dem Auto aus und laufen schnurstracks auf das Haus des Verdächtigen zu.* Also nacha ...
Tante Frieda:	Und gestern warn fei d'Rosa und d'Klara zum Kaffetrinka do! Den ganzen Nachmittag! Hamma mords eine Gaudi ghabt!

Die Polizisten merken vor lauter Diensteifer nicht, dass der Verdächtige von einer Prostituierten gewarnt wurde und hinter einer Gartenhecke lauert. Als die Polizisten durch die offene Haustüre ins Haus verschwunden sind, steigt er seelenruhig in den Streifenwagen und braust davon. Sepp kann soviel Naivität kaum fassen und reagiert spontan.

Sepp:	Des san doch glatte Deppen! Rindviecher hoch drei!
Tante Frieda:	*Empört:* Wieso Deppen? D'Rosa und d'Klara san meine besten Freindinnen! Des san doch koane Deppen ned! Und Rindviecher scho zwoamal ned!
Sepp:	*Beschwichtigend:* Naa, natürlich ned! Mir is grad wos anders durch'n Kopf ganga! Du, sagst dem Onkel an

	scheena Gruass und alles guade mit da Hüftn! *Gottlob haben die geleimten Polizisten ihr Handy dabei und können in der Zentrale vor dem Verdächtigen im Dienstwagen warnen. Gebannt starrt Sepp auf den Fernseher, um die Entwicklung zu verfolgen. Lang kann es bis zum Showdown nicht mehr dauern, da es bald 21.45 Uhr und „Tatort" dann zu Ende ist.*
Tante Frieda:	Ja, dankschön! Bei mir is aa alles klar soweit! Mei, do zwickts a weng und durt druckts a weng – lasst halt's Alter ned aus! Owa man muass zufrieden sei, wennma no hatschn konn, gell? Und wennma no seine fünf Sinne beinander hod. Oder?

Sepp hat nicht zugehört, da der Verdächtige mit dem Streifenwagen in eine Polizeisperre geraten ist und nun mit vorgehaltener Pistole aus dem Auto geholt wird! Vor Zorn und aufgrund der Ausweglosigkeit seiner Situation haut er noch einen Beamten mit der Faust ins Gesicht. Nun hat er zusätzlich zum Mord auch noch eine Körperverletzung auf dem Kerbholz. Sepp ist erschüttert über diese Brutalität und den mangelnden Respekt vor der Staatsgewalt. Eigentlich spricht er mit sich selber, aber da Tante Frieda am Telefon ist, hört sie es.

Sepp:	Dregsau, elendige!
Tante Frieda:	Wooos??? Ja sag amal, wos host denn du heit? Warum sagst denn du sowos zu mir?
Sepp:	Äh … omei, sorry, Tante Frieda, du warst fei ned gmoant! Am Fernseh hamms bloß grad aso an Verbrecher zoagt, zu dem howes gsagt!
Tante Frieda:	Redst du mit de Leit im Fernseh? Also ganz normal is des fei ned! Und? Wos gibt's sunst Neis?
Sepp:	*Jetzt wieder voll zurechnungsfähig, da der Krimi beendet und der Übeltäter festgenommen ist:* Stell dir vor, da Bescheid is kema vo da Stadt wega da neia Kläranlag! 9.898 Euro! Soviel hamma momentan gar ned flüssig! Drum wollten mir di sowieso fragen, ob du uns vorübergehend mit 5000 Euro aushelfa kannst. Grad jetza, wo Weihnachten kimmt!

Tante Frieda: Sepp? I hör di ganz schlecht? Is wos mit dein Telefon? Hörst du mi? Hallo? Sepp?
Sepp: I hör di ganz guat, Tante Frieda. I woll fragen, ob du uns 5000 Euro leiha kannst, bloß vorübergehend. Zinslos.
Tante Frieda: Irgendwos is do mit da Leitung! Also nacha ...
Sepp: Tante Frieda? Hallo?

Tante Frieda legt grinsend auf, Sepp, noch mehr grinsend, auch. Ein Bescheid in Sachen Kläranlage existiert nicht.

Die Weihnachtsfeiertage sind ja seit jeher beliebte Termine für Familientreffen. Und damit niemand kochen und abspülen muss, werden diese Treffen zum allergrößten Teil in Gasthäusern abgehalten. So auch bei der nachfolgenden Familie, die im größeren Kreis, jedoch in aller Ruhe wieder einmal besprechen möchte, was es so Neues gibt, ein festtägliches Essen natürlich inbegriffen. Man hat für acht Personen reserviert, denn außer Mama, Papa und den Kindern Luca Xaver (12 – benannt nach einem beliebten Fußballer und dem Opa) sowie Scarlett Gunda (17 – benannt nach der Hauptdarstellerin von „Vom Winde verweht" und der Oma) nehmen noch Scarletts neuer Freund Lars (22), die Oma (79), der Opa (81) und die unbemannte Tante Frieda (83) am Mahl teil. Es sind zwischenzeitlich alle eingetroffen – Lars hat sich dankenswerterweise bereit erklärt, Oma, Opa und Tante Frieda in seinem Auto mitzunehmen und sich aus diesem Grund einen Lavendel-Duftbaum an den Rückspiegel gehängt. Alle sind guter Dinge, außer Luca Xaver, der wegen des seiner Ansicht nach blöden Treffens daheim sein Computerspiel unterbrechen musste. Man sitzt am reservierten Tisch, aber es will keine so rechte Unterhaltung in Gang kommen, nicht zuletzt wegen des erstmalig teilnehmenden Fremdkörpers Lars. Gottlob erscheint die Bedienung und damit kommt es in Gang, das

Weihnachtsessen

Bedienung:	Grüß Gott, die Herrschaften! Was darf ich bringen?
Oma:	Habts an Schweinsbraten?
Mama:	Oma, zerst die Getränke!
Bedienung:	Ja, ich würde zuerst die Getränke aufnehmen und bringen, dann können Sie in Ruhe das Essen aussuchen!
Luca:	*Mit verbesserter Laune:* An Schweinsbraten! D'Oma wieder! *Lacht kopfschüttelnd.* Cool!
Oma:	*Schuldbewusst:* Achso, zerst 's Trinka! Ja, dann …, also eigentlich nix! *Zur Mama:* Hildegard, wos trinkst denn du?
Mama:	A Spezi!
Oma:	Dann trink i bei dir mit!
Mama:	*Vorwurfsvoll, leicht genervt:* Oma! Bstell dir halt wos, du bist eingeladen!

Oma:	Ja, owa i schaff koa ganz Getränk! Außerdem muass i dann glei wieder biesln! Des wird a oanzige Rennerei!
Mama:	Dann bstell dir a kloans Getränk! Du **muasst** ja koa großes nehma!
Oma:	*Unter Druck:* Äh ..., dann ..., dann a kloans Radler!
Bedienung:	Ein kleines Radler, alles klar!
Oma:	Is des recht kalt?
Bedienung:	Normal halt, also kühl schon, aus dem Kühlschrank!
Oma:	Habts herausen koans? Mi hods allaweil glei im Hals, wissens?
Papa:	Geh Oma, des bisserl Radler bringt di doch ned glei um!
Oma:	Omei Hans, du host keine Ahnung!
Bedienung:	Wir können es ein bisschen anwärmen!
Oma:	Des is recht! Aso machmas! A kloans Radler, a bisserl angwärmt! Des is recht!
Mama:	Mir dann a Spezi! *Bedienung murmelt unter gleichzeitigem Notieren „ein Spezi".*
Tante:	Wos habts denn für an Wein?
Bedienung:	Äh, da müsste ich mal fragen, wenn Sie es genau wissen wollen. Auf jeden Fall haben wir einen Trullinger Heupfeifer, einen Grunztaler Schluckspecht und, ganz frisch eingetroffen, eine Wachauer Jungfernträne, sehr lieblich!
Tante:	Aha! Dann nimm i an Roten!
Bedienung:	Einen Rotwein die Dame, alles klar!
Papa:	Mir bringst a dunkls Weizen!
Opa:	Mir aa!
Oma:	*Vorwurfsvoll zum Opa:* A dunkls Weizen? Und dei Gicht? Und de ganz Nacht koppst wieder umananda!
Opa:	No geh, oa Halbe is doch ned so schlimm!
Papa:	Genau! Is doch Weihnachten! Vergunn eam doch de Halbe!
Oma:	I sag bloß! Mir is des wurscht! Owa herjammern brauchst mir ned, gell!
Opa:	I hob dir no nie higjammert!
Oma:	Dass i ned lach!
Papa:	Äh ... Ding, ... *zu Scarlett:* Wia hoassta? *Deutet auf Lars.*
Scarlett:	Lars!

Papa:	Lars, wos trinkst denn du?
Lars:	Einen Cafe Latte bitteschön!
Papa:	No geh, trink halt ebbs gscheits! Is doch Weihnachten! Magst an Obstler? I spendier oan – zur Feier des Tages!
Lars:	Nein danke, ich trinke eigentlich so gut wie nie Alkohol.
Papa:	Bist krank? Host wos am Magen?
Lars:	Nein, mir geht's gut!
Scarlett:	*Stolz:* Da Lars ernährt sich gsund! Er isst aa koa Fleisch ned!
Papa:	Ohne Schmarrn? Lars, is des wahr?
Lars:	Äh, ja, ich esse kein Fleisch!
Papa:	Bloß Wurscht?
Lars:	Auch keine Wurst, überhaupt keine Produkte, die Fleisch enthalten! Ich bin Vegetarier!
Scarlett:	*Voller Stolz in die Runde blickend:* Do schauts, ha? *Alle sehen Lars an wie ein seltenes Tier.*
Bedienung:	Also einen Cafe Latte! Und die jungen Herrschaften?
Scarlett:	Mir bitte a Traubensaftschorle!
Luca:	Papa, kriag i a Radler?
Papa:	I glaub, mei Schwein pfeift! A Radler! Mit 12! Nix do, Alkohol is ned gsund! Saaf a Cola und aus!
Luca:	Ach Mööönsch! *Kleinlaut zur Bedienung:* Dann a großes Cola!
Bedienung:	Light?
Papa:	Bloß ned! Der Süßstoff hod koan Taug ned! Des künstliche Zeig allaweil!
Bedienung:	*Sieht nochmals prüfend in die Runde und auf ihren Zettel.* So, dann hätten wir die Getränke! Ich bring sie gleich, dann können Sie einstweilen das Essen aussuchen, die Tageskarte liegt auf dem Tisch! Unsere Weihnachtsspezialität ist die Gans mit Knödel und Blaukraut, aber die ist aus! Hirschbraten auch!
Oma:	Hamms an Schweinsbraten?
Bedienung:	Selbstverständlich!
Oma:	Den nimm i dann!
Bedienung:	Jetzt bringe ich zunächst mal die Getränke!
Mama:	Oooma, lassda halt derzeit!

Luca:	*Lacht.* Die Oma und ihra Schweinsbraten! Da Wahnsinn!

Die Bedienung geht, alle vertiefen sich in die zahlreich auf dem Tisch liegenden Tageskarten. Wie oft bei solchen Treffen ist das Essen ein beliebtes Gesprächsthema, das bei der Überbrückung der Zeit wertvolle Hilfe leistet.

Papa:	*Zu Lars:* Salate san fei aa drauf!
Lars:	Jaja, danke, hab sie schon gesehen!
Papa:	I moan bloß! Bist jetza du da so radikal, dass du ned amal an Salat mit Putenstreifen isst? Oder sagst „einmal ist keinmal"? Und a Pute is ja in dem Sinn koa Sau ned!
Lars:	Ich verzichte vollkommen auf Fleisch!
Papa:	*Baff:* So radikal?
Lars:	Was heißt radikal? Es gibt ja andere Möglichkeiten! Ich esse Fisch sehr gerne, auch Tofu.
Papa:	Also Fisch – ok, owa Tofu? Ja pfui Deifl! Do konn i ja glei an Babbadeckl fressn!
Scarlett:	*Empört:* Also Papa!
Mama:	Owa ehrlich, Hans! Lass doch den Lars essen, wos er will! Des is doch sei Sach! Tante Frieda, wos isst denn du?

Papa vertieft sich nach diesem seiner Meinung nach ungerechtfertigten Tadel beleidigt in seine Speisekarte.

Tante:	I nimm an Sauerbraten!
Oma:	A Sauerbraten is wos Guads! Es is halt bloß bläd, wenn des Fleisch recht zaach is! A zaachs Rindfleisch, des macht koan Spaß! Grad wennma a Gebiss hod wia du, Frieda! Des is dann a oanzige Ziagerei!
Tante:	*Erschrocken:* Ja moanst du, dass der Sauerbraten recht zaach is?
Oma:	Des glaub i ned! I moan ja bloß!
Tante:	Gottseidank! *Zur Mama:* Und du Hildegard? Woasst scho, wos du isst?
Mama:	I nimm des Schnitzl!

Opa:	Des nimm i aa! I sog allaweil: „A Schnitzl is a Schnitzl!" Do woassma, wosma hod! Is do a Salat automatisch dabei?
Oma:	Konnst du ned lessen? Steht doch draaf: Auf Wunsch bedienen Sie sich an unserem Salatbüfett! Wennst an Salat magst, brauchst dir bloß oan holn!
Opa:	I mog owa koan!
Oma:	Dann brauchst dir koan holn!
Opa:	Eben!
Mama:	Kinder, wos essts ihr?
Luca:	Pommes mit Kartoffelsalat und Pürree, als Nachspeis Bratkartoffeln!
Scarlett:	*Abfällig:* Ha-ha-ha! Allaweil da gleich bläde Witz! Des sagst immer! Du isst ja eh wieder a Currywurscht mit Pommes!
Luca:	Bingo, Schwesterherz! Und du? Lass mi raten: Kaiserschmarrn mit Apfelkompott!
Scarlett:	Bingo! *Zu Papa:* Papa, und du wieder dein Kalbsrahmbraten mit Spätzle?
Papa:	Bingo! Und an Salat hol i mir aa no! Heit is scho wurscht! Wenns zviel wird, trink i einfach an Schnaps, der renkts wieder ei!

Die Spannung steigt, da sich Lars bis dato noch nicht geäußert hat, aber jeder gerne wissen würde, was er als kulinarischer Exot sich ausgesucht hat. Da er offenbar schon gewählt hat, aber keinerlei Anstalten macht, sich zu äußern, geht Tante Frieda aufs Ganze.

Tante:	Und du Lars? Host dir wos gefunden?
Lars:	Ja, ich nehme den Lachs mit Herzoginnenkartoffeln und Brokkoli!

Es herrscht leichte Enttäuschung über die an sich wenig spektakuläre Speisenwahl des antialkoholischen Vegetariers, irgendwie hatte man etwas anderes erwartet wie etwa Sesamsprößlinge mit Hirsebrei an Rote-Bete-Schaum oder so. Fisch mit Kartoffeln und Gemüse ist ja schon beinahe etwas Normales, fast Banales!

Papa:	Warum nicht? Des konnma essen! S meine waars ned, owa wenns oan schmeckt!
Scarlett:	Du kannst ja dann vo mein Kaiserschmarrn probiern, Schatz! Als Dessert!
Lars:	Gerne, danke!
Papa:	Du konnst dir fei ruhig an eigenen Kaiserschmarrn bstelln, Lars! I zahlna scho, brauchst dir nix denka! I zahl für jeden Schmarrn ... verstehst? Schmarrn, Kaiserschmarrn! *Lacht über sein geniales Wortspiel.* Heit lassma da Not koan Schwung! Weihnachten is Weihnachten! Soll a Fuchzger hi sei!
Lars:	Nein danke, das wird mir zu viel!
Papa:	A laarer Soog steht ned, hoassts allaweil! *Lacht, alle anderen lachen gequält über diesen uralten Spruch, der in Zeiten des Übergewichts und der erhöhten Cholesterin- und Blutdruckwerte eher peinlich ist.*
Lars:	Haha! Nein, echt, vielen Dank!
Scarlett:	Du immer Papa, mit deine Sprüch!
Opa:	Glaubstas, der Hans allaweil!
Papa:	Weils wahr is! Oder, Lars?
Lars:	*Verlegen:* Äh ..., ja, genau!
Tante:	Dürschtn daad mi!
Opa:	Dass de ned kimmt?
Mama:	De kimmt dann scho!
Papa:	Schee langsam wird's Zeit!
Oma:	Mir is des wurscht!

Das inhaltslos dahinplätschernde Gespräch wird gottlob durch das Erscheinen der Bedienung unterbrochen.

Bedienung:	*Stellt das Tablett mit acht Getränken am Tisch ab.* So, da hätt i mal a dunkles Weizen ...
Oma:	*Meldet sich schüchtern wie in der Schule.* Also i kriagert a kloans Radler!
Papa:	Des dunkle Weizen waar i! Wia, äh ... Ding ... Lars, duas her!

Lars reicht Papa ein dunkles Weizen.

Bedienung:	Dann hätt i no a dunkles Weizen … *Keiner meldet sich.*
Oma:	*Schüchtern:* Also des kloane Radler waar i. *Man ignoriert ihren Einwurf.*
Papa:	*Zu Opa:* Wolltst ned du aa a dunkles Weißbier?
Opa:	*War durch den kurzen Rock der zumindest im Vergleich zu ihm jungen Bedienung abgelenkt.* Äh, wos?
Papa:	A dunkles Weizen! Du wolltst doch a dunkles Weizen?
Opa:	Ja genau! *Laut zur Bedienung:* A dunkles Weizen kriag i!
Papa:	Steht doch scho do! Schau doch hi!
Opa:	Aaahh, do stehts ja! *Charmant zur Bedienung:* Dankschön, schöne Frau! *Nimmt sich das Weizen.*
Oma:	*Abfällig:* Schöne Frau! Er! Und dann hoda wieder d'Gicht, dass er winselt wia a Hund!
Opa:	Des ghört jetza ned do her!
Bedienung:	Für wen war der Rotwein?
Oma:	Für mi war's kloane Radler!
Tante:	Den Rotwein kriag i! *Die Bedienung beugt sich zur Tante und reicht ihr den Rotwein. Ihr dabei sichtbares Dekollete lässt Opa alle Gichtplagen vergessen. Oma registriert seinen gierigen Blick, den sie zuhause leider seit ca. 25 Jahren nicht mehr registrieren konnte.*
Bedienung:	Das kleine Radler war für …? *Niemand erhebt Anspruch auf das Radler.*
Opa:	*Laut zu Oma:* Häää!! Des wolltst doch du!
Oma:	Äh, wos?
Opa:	Des kloane Radler! Des host doch du bstellt! Sag halt wos!
Oma:	Achso, ja, des kloane Radler, des kriag i! Is ned z'kalt? *Fühlt am Glas.* Noja, geht scho.
Bedienung:	So, dann wäre das große Cola für den jungen Herrn … *gibt Luca sein Cola, der gleich gierig davon trinkt* … der Cafe Latte für den anderen jungen Herrn … *gibt Lars seinen Milchkaffe* … das Spezi?
Scarlett:	Des is für d'Mama und de Traubensaftschorle kriag i!
Bedienung:	So, dann hat jetzt jeder sein Getränk. Zum Essen? Wissen Sie schon?

Papa:	Jaja, hamma scho ausgsuacht! I nimm den Kalbsrahmbraten! *Bedienung schreibt murmelnd die Bestellung auf.* Und sie *deutet auf Mama* a Schnitzl!
Opa:	So oans nimm i aa!
Bedienung:	*Während sie weiterschreibt, zur Oma:* Sie wollten den Schweinebraten?
Oma:	Haargenau! *Anerkennend in die Runde:* Schau her, des hods ihr gmirkt!
Tante:	Der Sauerbraten, is der scho mild, oder?
Bedienung:	Zergeht auf der Zunge!
Tante:	Dann nimmen! Weil wenn er zaach gwen waar, dann hätt i wos anders gnumma!
Luca:	Mir aa Currywurscht mit Pommes! Und viel Ketchup!
Mama:	*Zur Bedienung:* Der konn vo dem routn Dreg nicht gnua kriagn!
Bedienung:	*Zu Scarlett:* Und die junge Dame?
Scarlett:	Den Kaiserschmarrn!
Lars:	Und für mich den Lachs bitte!
Papa:	*Entschuldigend zur Bedienung:* Derfans eam ned bös sei, er is a Vegetarier!
Scarlett:	Also Papa! Sag amal! Des is doch ganz normal, dass jemand Vegetarier is! *Zärtlich zu Lars:* Gell, Schatz?
Lars:	*Unsicher:* Äh, also was Besonderes ist das nicht!
Bedienung:	Der Lachs ist sehr zu empfehlen, der wird gern genommen!
Scarlett:	*Triumphierend zu Papa:* Da segstas!
Papa:	Mir is ja des im Endeffekt wurscht, weil i kriag eh an Kalbsrahmbraten!

Die Bedienung kontrolliert nochmals die Bestellungen auf dem Block und will dann gehen.

Luca:	Kannt i no a Cola haben?
Papa:	*Perplex:* Ja sag amal! Host du des drumm Cola scho ausgsuffa? Des gibt's doch ned!
Mama:	Und aaf d Nacht schlafst wieder ewig ned!
Opa:	No geh, vergunnts doch dem Buam sei Cola, is doch Weihnachten!

Bedienung: Also noch ein Cola für den jungen Herrn! *Geht.*

Es entsteht die bei derartigen Anlässen oft auftretende Situation, dass kein Gespräch in Gang kommt. Papa versucht, das Eis zu brechen und wendet sich an den Vegetarier und potentiellen Schwiegersohn Lars.

Papa:	No Lars, wos duast nacha du aso, beruflich?
Lars:	Also, eigentlich nichts!
Papa:	Ah geh! Und? Gfallts dir?
Lars:	Ooch ja, passt schon!
Scarlett:	Er hat sich nach dem Abitur eine Auszeit gnumma und genießt erstmal sei Leben!
Papa:	Warum ned? I sog allaweil: Wenn ned, wennma jung is, wann dann!

Damit ist das Thema der beruflichen Orientierung von Lars erschöpft, es entsteht wieder eine Pause. Tante Frieda hat eine Idee, die Stimmung aufzulockern.

Tante:	I daad sagen, jetzta trinkma amal Prost aaf Weihnachten! *Erhebt ihr Rotweinglas.* Also, scheene Feierdog nachträglich! *Alle erheben ihr Glas, außer Luca, der auf sein zweites Cola wartet.*
Mama:	*Mit vorwurfsvollem Blick zu Luca:* Weilst allaweil dei Cola aso owegurgelst! Jetza host nix!
Luca:	Mir wurscht!
Oma:	*Nachdem sie vom kleinen Radler ca. 20 Milliliter getrunken hat:* Und, Luca? Hod dir nacha 's Christkindl viel bracht?
Luca:	Geht scho! Vo da Tante Frieda 100 Euro, vo dir und vom Opa aa 100 und vom Papa und vo da Mama a Flatrate!
Tante:	Do schau her! *Zu Opa:* Lebt jetza da Praxn Sepp no?
Opa:	Wer?
Oma:	*Zu Opa:* Da Praxn Sepp! Der wo des mit de Niern ghabt hod! Weils doch gsagt hamm, der wird nimmer!
Opa:	Ach, da Sepp! Dem geht's wieder guat, des war bloß a Niernstoa! Duat sakrisch weh, is owa ned lebensgefähr-

	lich! Da Sepp is wieder fit! Der lest alle Dog no sei Zeitung!
Tante:	Des gfreit mi! *Seufzt:* Jaja, muassma allaweil froh sei, wenns guat ausgeht, gell!
Oma:	Do host du recht! Brauchst bloß schaun, wias da Hullinger Babett ganga hod!
Mama:	*Erschrocken:* Da Babett? Warum?
Oma:	No, de hod doch a neis Knia kriagt, a links! Und des hodse entzundn und jetza ziagts scho sechs Wocha umananda! Es is a Kreiz mit dem Knia!
Papa:	Des hörtma immer öfter mit de Entzündungen!
Mama:	Des hods früher ned geben!
Opa:	Ja guat, früher hods owa aa koa neis Knia geben! Do sans kreiz und quer daherkema, de arma Deifln!
Papa:	Do host jetza du wieder recht!
Scarlett:	*Will das morbide Gespräch in eine positive Richtung bringen.* Da Lars hod mir zu Weihnachten an Ring gschenkt!
Lars:	*Verlegen:* Ach Schatz, das brauchst du doch nicht zu erwähnen!
Scarlett:	Naa, des solln no alle wissen, wie lieb du mi hast!
Mama:	*Schwärmerisch:* Mei, is des romantisch! Ha, Hans, is des ned romantisch?
Papa:	Scho! *Leise zu Opa:* Der soll wos arbeiten und ned Ringe kaffa!
Opa:	Owa ehrlich! Prost, Hans! *Die zwei Weißbiertrinker prosten sich zu, der Rest schweigt betreten. Die Bedienung bringt das Cola für Luca, der sofort gierig davon trinkt.*
Mama.	*Tadelnd:* Luca! Jetza saaf halt ned aso eine! *Luca erschrickt und verschluckt sich.* Do, jetza hostas!
Tante:	Is jetza des wahr, dass sich da Heinz und d'Ingrid scheiden lassen?
Papa:	A Wunder waars ned! Weil d'Ingrid, des is scho a ganz a hantige! Mit dera haltstas ja ned aus!
Mama:	Des is wieder typisch Mann! Und dass da Heinz scho immer a Büffel war, des sagst wieder ned! Allaweil waarn mir Frauen schuld!
Papa:	Meistens scho!

Mama:	*Aggressiver:* Du bist ja da Gleiche! Keine Romantik, keine Zärtlichkeit! Nix!
Papa:	Jetza kimmt de Leier wieder! *In die Runde:* Mit de ewigen Rosamunde-Pilcher-Filme und dem Traumschiff und dem Schmarrn wern de Weiber ganz verdorm! De Traumprinzen, wos do mitspieln, de gibt's in echt gar ned!
Mama:	*Aggressiv-weinerlich:* De gibt's scho! Bloß mir hamm leider koan dawischt! Also i jedenfalls ned!

Alle blicken betroffen angesichts der eindeutig bestehenden Beziehungsprobleme. Opa will die Situation retten.

Opa:	Noja, Hauptsach, gsund samma!
Tante:	Des stimmt! Prost!

Alle prosten sich gegenseitig zu, Mama verweigert dies aber dem groben Papa gegenüber. Gottlob erscheint die Bedienung mit den ersten Speisen und verhindert so eine Eskalation.

Bedienung:	So, da hätt ich mal zwei Schnitzel! *Reicht je eines dem Opa und der Mama.* Salat bitte einfach vom Salatbüfett nehmen!
Opa:	I brauch koan!
Oma:	Iß und bi staad!

Die Schnitzelbesitzer beginnen zu essen, die restlichen Speisen werden flott gebracht und außer ein paar „an Guadn"-Wünschen und Schmatzlauten hört man nichts mehr. Es bewahrheitet sich wieder einmal der alte Spruch: Ein Vogel, der frisst, singt nicht! Luca bekommt ein drittes Cola, Opa ein zweites Weißbier und die Weihnachtsstimmung ist auf dem Höhepunkt.

Mama:	*Durch das schmackhafte Schnitzel wieder versöhnt:* Des is so richtig idyllisch, wennma amal so weihnachtlich beinander is!
Tante:	Do host du recht, Hildegard! Kimmtma ja kaum mehr zamm!
Oma:	Guad war's! A Schweinebraten is a Schweinebraten!

Luca:	Zefix! *Ursache dieser unchristlichen Äußerung ist ein gewaltiger Ketchupspritzer, der auf seinem weißen Hemd gelandet ist. Vorwurfsvoll zur Mama:* I wollt glei des roude oziagn! Owa du wieder!
Mama:	Weilst isst wie ein Schwein! Dua langsamer, koa Mensch nimmt dir dei Currywurscht!
Oma:	Gwiss ned! I möcht des Zeig ned!
Scarlett:	*Zu Lars:* Pfff, is der Kaiserschmarrn sättigend! Schatz, möchst du den Rest, i schaffs nimmer!
Lars:	Gerne, Schatzi! *Schlingt, was für einen Vegetarier untypisch ist, den Kaiserschmarrn in sich hinein.*
Papa:	Aso a Fisch is einfach a weng weng! Do isstma gern jeden Schmarrn! *Lacht.* Verstehst, Ralf, jeden SCHMARRN! Kaiserschmarrn!
Scarlett:	Lars hoasst er, Papa!
Papa:	Lars!

Nachdem alles vertilgt ist, räumt die Bedienung ab. Sie fragt, ob jemand Kaffe möchte. Diese Frage wird von Mama verneint mit dem Hinweis, dass man den Kaffee zu Hause zu sich nimmt. Die Bedienung bringt auf Antrag die Rechnung, die Papa zur Feier des Tages komplett übernimmt.

Papa:	So, Freilein, wos macht der ganze Kramasuri?
Bedienung:	Insgesamt 119,80 Euro!
Papa:	*Gibt ihr 120 Euro.* Passt scho, is ja Weihnachten!

Der weihnachtliche Geschenkekauf an sich ist schon keine einfache Angelegenheit. Noch schwieriger wird es, wenn das Geschenk technischer Natur und der Käufer nicht auf dem neuesten technischen Stand ist. Im vorliegenden Fall geht es um das Weihnachtsgeschenk des 15-jährigen Enkels, dessen Großvater sich nicht lumpen lassen und ihm die Schiausrüstung besorgen will, die ganz oben auf dem Wunschzettel des Sprösslings steht. Er geht, ohne Enkel, damit die Überraschung perfekt wird, in ein Sportgeschäft und ist guten Willens, den sehnsüchtigen Wunsch zu erfüllen. Doch so einfach wird es nicht mit

Opas Geschenk

Verkäufer: Schönen guten Tag, der Herr – womit kann ich dienen?
Opa: Wega Schi waar's!
Verkäufer: Alpin, Touren oder Langlauf?
Opa: *Unsicher:* Schi! Zum Schifahrn!
Verkäufer: Schon klar! Ich meinte, sollen es ganz normale Carver sein für die Abfahrt oder mit Fellen für Schitouren oder die schmalen für den Langlauf?
Opa: Also mehr zum owefohrn, bergab praktisch! Auffe aa, owa des waar dann mitm Lift!
Verkäufer; Aha, also Abfahrtsschi! Da kann ich nur sagen: Hut ab, wenn Sie sich in Ihrem Alter noch neue Abfahrtsschi zulegen! Sportlich, sportlich! Da finden wir bestimmt was Schönes für Sie!
Opa: Naa! Ned für mi! I hobs aaf da Bandscheim, i konn nimmer Schifohrn! Aus waar's! Es is fürn Joshua, mein Enkel!
Verkäufer: Na, das finde ich aber toll!
Opa: Noja, toll? Mir gfallt der Nam' überhaupt ned! Joshua! I hobs gsagt zu meiner Tochter: „Kunigunde", hob i gsagt, „muass des sei? Joshua? Der arme Bua, mitten in da Oberpfalz mit dem Nam! Da moant ja jeder, des is a Fremder! Also toll find i des ned!
Verkäufer: Nein, ich meinte ja auch nicht den Namen, ich meinte, dass Sie Ihrem Enkel Schi kaufen, das finde ich toll!

Opa:	Mei, jetza is er 15 Jahr alt und wünschtse aaf Weihnachten Schi und i hob 1100 Euro Rente. Braucha dua i im Monat höchstens 500. Und wos daad i denn mit mein Geld! Sparn? Kriagst ja koan Zins ned! Und sicher is des Geld aa ned in da heitigen Zeit, man woass ja ned, wia des ausgeht mit de Syrer!
Verkäufer:	Mit den Syrern?
Opa:	Oder de andern, is ja wurscht, spinna daans alle! Und wenns dahi geht, dann geht's richtig dahi und dann kimmt a Geldentwertung und dann geht's wieder vo vorn los! Man woass doch, wia des is! Und dann hod da Joshua wenigstens Schi, wenn scho's Geld nix mehr wert is.
Verkäufer:	Ach was?
Opa:	Alles scho erlebt! Den kloan Sparer erwischts allaweil! Hint und vorn werdma ausgschmiert vo de Großkopferten!
Verkäufer:	*Schleimig:* Da haben Sie recht! Aber gut, da können wir nichts ändern! Darum gebe ich Ihnen recht: Lieber mal einem Angehörigen wie dem Enkel etwas schenken! Oder auch der Gattin!
Opa:	Des is bei mein Wei ganz schwierig!
Verkäufer:	*Lacht.* Jaja, das ist bei den Damen immer schwierig mit den Weihnachtsgeschenken!
Opa:	Bei da mein sogar extrem schwierig, weil de is vor acht Jahrn gstorbn!
Verkäufer:	*Peinlich berührt:* Oh, das tut mir aber leid!
Opa:	Mei, hilft alls nix! Owa jetza zu de Schi!
Verkäufer:	*Dienstbeflissen:* Ja natürlich! Schi für den Joshua! Also, wegen der Länge: Wie groß ist der Enkel?
Opa:	Normal eigentlich. Koa Riese, owa aa ned direkt a Zwerg. Wias halt aso san, de Burschen in dem Alter.
Verkäufer:	Normal? Also so 1,70 Meter?
Opa:	*Überlegt:* Hm …, also i bin oans 70.
Verkäufer:	Aha! Und der Enkel?
Opa:	Der is eher ned ganz so groß vo da Tendenz her.
Verkäufer:	Also so eins 68?
Opa:	Hm …, obwohl: Ob der ned scho größer is wia i! De Krippln wachsen ja wia da Deifl! So schnell schaust du gar

	ned, hamms di überholt! Mei, hamms ja alles, vo da Ernährung her! Gibt ja nix, was ned gibt! Mir hamm ja nix ghabt seinerzeit!
Verkäufer:	Da haben Sie recht! Heutzutage herrscht kein Mangel in unserer Wohlstandsgesellschaft! Hunger kennt ja keiner mehr!
Opa:	Im Gegenteil! Aussagfressn sans alle wia d'Mastgäns! Junge Deandln mit drümmer Wampn! Des hätts früher ned geben! Außer de Models, de allaweil am Fernseh keman, de san so dürr, dass knistern! Gestern war oane am Fernseh do – Sie, da war da Mantel schwaarer wia da Inhalt! Aso ein Gstell! *Kurze Denkpause.* Owa eigentlich waar i do wega de Schi vom Joshua!
Verkäufer:	Natürlich! Jetzt hätten wir uns fast verplaudert! Also, er ist etwas größer als Sie?
Opa:	Des is durchaus möglich! Und er wachst ja weida! Der schiasst in d'Höh wia a Raketn! Weil i scherzhaft gsagt hab: „Joshua, du wennst aso weidawachst, dann kannst mit 20 aus da Dachrinna saufa!"
Verkäufer:	*Kichert.* Köstlich! Also, dann gehen wir mal von einer Größe von 1,75 Meter aus!
Opa:	Aso machmas!
Verkäufer:	Dann sollten die Schi 1,60 Meter lang sein!
Opa:	Jawoll! De daad i dann nehma! Wos kostn de?
Verkäufer:	Ja Moment, da müssen wir vorher schon noch einige Dinge klären!
Opa:	Achso! Wos nacha?
Verkäufer:	Zu allererst das Design.
Opa:	Des hob i ja scho gsagt: Des san de sein!
Verkäufer:	Nein, so meinte ich das nicht. Ich meine, wie die Schi aussehen sollen, die Farbe, die Gestaltung! Eher schlicht oder eher bunt?
Opa:	Mei, i daad sagen, mehr bläulich, weil er is ja a Bua!
Verkäufer:	Aha! Dann wenn Sie mal mit mir rüberkommen und schauen möchten, hier haben wir die verschiedenen Farbtöne. *Geht mit Opa zum Ständer mit den Schiern.* Da hätten wir gleich ganz links welche mit einem schönen kalten

	winterlichen Blau mit schneeweißen Streifen, passend zum Winter, wie ich finde!
Opa:	*Mustert die angepriesenen Schier kurz.* Ja, ned schlecht. Owa de hamm koa Bindung ned.
Verkäufer:	Natürlich nicht, das sind ja nur die Schi!
Opa:	Ja wos? Wia soll denn do da Joshua fahrn damit? Habts ihr koane Schi mit Bindung do?
Verkäufer:	Die Bindung wird ja erst darauf montiert, weil die muss ja eingestellt werden auf die Schischuhe!
Opa:	Schischuah hoda scho!
Verkäufer:	Die müssten Sie dann vorbeibringen, damit wir die Bindung einstellen können!
Opa:	Des aa no! Is des nimmer wia früher? Do hodma Schi kafft, da war d'Bindung scho drauf und de hod immer passt!
Verkäufer:	Nein, so ist es schon lange nicht mehr! Die Bindung wird heutzutage individuell auf den Fahrer eingestellt! Sie darf nicht zu streng sein und nicht zu locker!
Opa:	Ja Wahnsinn! Wos alles gibt! Und wos daad dann des kosten, de Schi und de Bindung?
Verkäufer:	Das kann man nicht so pauschal sagen, es kommt darauf an.
Opa:	Aaf wos?
Verkäufer:	Welche Bindung Sie möchten.
Opa:	Welche? Für die blaua Schi oane!
Verkäufer:	Ja schon, aber da gibt es verschiedene Hersteller.
Opa:	Des aa no! Jamei, wos woass i – habts oane im Angebot?
Verkäufer:	Im Angebot? Nein, das nicht! Aber wenn wir das Gesamtpaket zusammengestellt haben, dann kann ich Ihnen schon einen Rabatt geben.
Opa:	Das Gesamtpaket? I daads aso mitnehma, ohne Paket.
Verkäufer:	Nein, ich meinte, die komplette Ausrüstung: Schi, Bindung, Stöcke, Outfit.
Opa:	Ja genau, Stecka brauchma aa no! Jessas naa, do kimmt wos zamm! Und wos war des andere?
Verkäufer:	Das Outfit! Jacke, Hose, funktionelle Unterwäsche!
Opa:	I schätz, Unterhosn hod er gnua dahoam, fürn Winter sogar lange! Also so halbblang, so lang wia de mein sans ned, owa länger wia kurz!

Verkäufer:	Das mag schon sein, aber für den Sport wäre eine spezielle Unterwäsche schon besser! Es gibt da Unterhemden und Unterhosen, die transportieren den Schweiß weg von der Haut nach außen!
Opa:	Ja verreck! Des waar ideal für mi, i schwitz in da Nacht recht! Owa eher im Summer!
Verkäufer:	Tja, das ist oft ein Problem bei älteren Herrschaften, da können wir ja noch darüber reden. Aber jetzt kümmern wir uns zunächst mal um die Schiausrüstung Ihres Enkels. Welche Unterwäschegröße hat er denn?
Opa:	Also des woass i beim besten Willen ned! Wampert is er ned, eher dürr. I sag oft zu eam: „Joshua, du muasst mehr essen, du bist no im Wachstum!"
Verkäufer:	Ja, das wäre dann Normalgröße, da haben wir genügend da. Zur Jacke: Es gibt jetzt ganz was Neues auf dem Markt: Eine Multifunktionsoutdoorwaterproofedsportswear!
Opa:	*Völlig verständnislos:* Wer?
Verkäufer:	Das ist eine wasserabweisende Schijacke, die man aber auch im Sommer zum Beispiel zum Wandern oder Biken anziehen kann, mit herausnehmbaren zusätzlichem Wärmefleece, abnehmbarer Kapuze und speziell gepolsterter Handytasche im Brustbereich außen, bruchsicher! Ein wirklich hervorragendes Kleidungsstück, ich trage es selber!
Opa:	Is des aso a Art Anorak? Oder mehr a Windjackn?
Verkäufer:	Anorak, Windjacke? Ein viel zu ordinäres Wort für dieses geniale Textil! Kostet zwar 499 Euro, macht sich aber bezahlt! Und es gibt verschieden Farben, bestimmt auch die passende zu dem Schidesign!
Opa:	*Erschüttert:* 499 Euro??? Ja, jetza muass i scho amal dumm fragen: Wos daadn dann de Schi kosten?
Verkäufer:	Sagen wir mal so: Wenn wir die Schi, die Bindung, die Stöcke, die Jacke, die Hose, die Unterwäsche zusammenzählen, dann landen wir so circa bei 1500 Euro, ich könnte Ihnen dann aber einen Sonderpreis von 1300 Euro machen. Und Sie bekommen noch kostenlos ein Schiwachs dazu! Was sagen Sie dazu?
Opa:	I glaub, dann schenk eam liawa a Buch! *Geht.*

Vorurteil am Kinderskilift

A: Habe die Ehre, der Herr! Schauns ebba aa de Kinder a bissl beim Schifahrn zua?

B: Jaja! Do lafft grad a Schikurs, i beobachts scho a halbe Stund lang.

A: A geh!

B: Des is fei direkt amüsant! Manche stelln sich dermaßen blöd o, des is unglaublich! Manche san a Naturtalent, owa de meisten rutschen umananda, wia wenns bsuffa waarn! De san mehr aufm Arsch als auf de Fiass! I wenn a Schilehrer waar, i daad druchdrahn! I hätt de Nerven einfach ned! Überwiegend Deppen, i sogs Eahna!

A: Is so schlimm?

B: Katastrophal teilweise! Sehns den Wamperten durt mit dem orangen Helm? Der wos grad durtliegt und flennt?

A: Mit de roten Schi?

B: Ja genau! Des kinnans Eahna ned vorstelln, wie bläd sich der anstellt!

A: Ehrlich?

B: In der halben Stund, wo i jetza da bin, hods den 13mal vom Lift ausseghaut und 17mal bei da Abfahrt aaf d'Schnauzn! Der lernt des nie! Unsportlich bis zum Geht-nicht-mehr!

A: Wirklich?

B: Schlimmer geht's ned! Und wia er daherkimmt, vermummt wia a Terrorist! An Schal ums Gsicht, drümmer Handschuah! Wia wennma in Sibirien waarn!

A: I hobs meiner Frau gsagt, dass den Schal ned braucht! Owa wissens ja, wia die Frauen san?

B: *Schockiert:* Is des Eahna Sohn?

A: Naa, mei Tochter!

B: Achso! Also für a Deandl fahrts ned schlecht!

Winterliche Schmerztherapie

Kare: Sepp, wos schaust denn so zwider?
Sepp: Weil mir alles weh duat!
Kare: Bist zammgfalln oder wos, weils so glatt is momentan?
Sepp: Naa, des ned! Owa i hob so Schmerzen vo dem Schneeraama! De Schauflerei vo dem schwaarn Schnee, des geht dermaßen aaf de Gelenke! I woass gar nimmer, wia i mi aaf d'Nacht ins Bett legen soll, dass mir nix wehduat!
Kare: Hör mir aaf, des kenni! Des Schneeraama is a ganz a gfährliche Tätigkeit! Des is zum Beispiel aa fürs Herz a enorme Belastung! Leit, de wos mitm Kreislauf hamm, de miassn do Obacht geben!
Sepp: Des hob i aa gseng am Fernseh! Mit sowos is ned zum spaßen! Owa kreislaufmäßig fehlt mir nix, gottseidank! Mir reichen scho de Schmerzen in de Schultern und der Muskelkater! I sogs dir ehrlich: I mog direkt scho nimmer ins Wirtshaus geh, weil mir des Sitzen so weh duat! I woass nimmer, wia i mi hisitzen soll! I bin heit bloß kema, weilma Stammtisch hamm!
Kare: Sepp, i kenn des! I kenn des zur Genüge! Mir is ja grad aso ganga! Mir hod scho des Umblattln vo da Zeitung weh do, so einen Muskelkater hob i in de Schultern ghabt! Des war unmenschlich! Owa dann hod mir a Kollege a Mittel verraten, wiama den Schmerz wegkriagt!
Sepp: A Mittel?
Kare: Ja, a hundertprozentiges Mittel! I probiers jetza scho seit zwoa Wochen aus und obstas glaubst oder ned: I bin inzwischen absolut schmerzfrei!
Sepp: Ja Wahnsinn! Wia hoasst nacha des Mittel?
Kare: Raamdu!
Sepp: Raamdu? Des hob i no nie ghört! Muassma des einehma oder eireiben?
Kare: Weder noch – des muassma zu seiner Frau sagen!

Es gibt vieles aus meiner Kindheit, was ich bis heute nicht vergessen habe. Neben vielen Erlebnissen waren es auch verschiedene Düfte, die mich manchmal erfreut haben – wie etwa der frische Harzduft, wenn ich mit dem Vater bei der Waldarbeit dabei sein durfte oder der Duft von frisch gemähtem Gras im Mai oder Juni. Manche haben mich weniger erfreut, aber dennoch beeindruckt, beispielsweise der Duft des Urahnen des Klärschlammes namens Odel, der im Frühjahr dafür sorgte, dass man an Odeltagen im Freien eher flacher atmete, um nicht zuviel des methanhaltigen Gases in die Nase zu bekommen. Bei den heutigen aggressiven Gülledüften wäre es fast besser, gar nicht mehr zu atmen, was aber auf Dauer auch nicht gesund ist. Eingeprägt hat sich auch der unvergleichliche Duft von frischem Erdreich, der uns alle umgab, wenn wir die Kartoffeln, die der Vater aus dem Boden geschleudert hatte, zusammengeklaubt haben. Doch nicht nur Frühling, Sommer und Herbst haben ihre speziellen Düfte gehabt, auch der Winter hat bei mir im imaginären Duftspeicher seinen Platz – und zwar mit dem unheimlich appetitanregenden Duft, der im ganzen Haus herrschte, wenn die Mama Weihnachtsplätzchen gebacken hat. Wobei für mich der Höhepunkt nicht die fertigen Plätzln waren, sondern das Ausschlecken der Schüssel, nachdem der Teig, ausgestochen in Stern-, Tannen- oder Schneemannform, in den Ofen gewandert war. Der siebenjährige Knabe, der den nachfolgenden Aufsatz geschrieben hat, hat es gut gemeint und wollte der Mama zur Hand gehen beim Anfertigen der süßen Feiertagssünden. Aber sie ist gar nicht so einfach, wie man meint, die

Weihnachtsbackerei

Gestern hat Mama gesagt, sie backt jetzt ein paar Plätzchen für Weihnachten, weil was sein muss, muss sein. Eigentlich wollte sie nicht, weil es immer mords ein Aufwand ist, aber Papa hat gesagt, schlecht wäre es nicht, wenn Plätzchen im Haus wären, weil das erinnert ihn an seine Kindheit, und die war schön.

Mama hat geseufzt, wenn er meint, dann backt sie halt etwas, obwohl es gescheiter für ihn wäre, er würde keine Plätzchen essen, denn schlank ist er nicht, eher im Gegenteil.

Wenn es um das Backen geht, dann ist bei uns Mama zuständig, nicht nur an Weihnachten. Zum Beispiel wenn wir in Urlaub fahren, dann muss sie immer die Koffer backen.

Ich habe gesagt, ich helfe ihr, dann hat sie nicht soviel Arbeit, denn geteiltes Leid ist halbes Leid.

Wir haben ein Backbuch, da stehen Rezepte drin und ein Rezept hat geheißen „süße Engel und Bengel". Ein Bild war auch drin, da hat man Plätzchen gesehen, die haben ausgeschaut wie ein Engerl und Plätzchen, die haben ausgeschaut wie ein Deiferl, das waren wahrscheinlich die Bengel.

Mama hat gesagt, gescheiter wäre es, wenn ich Schlitten fahren würde, anstatt ihr zu helfen, weil eh soviel in der Küche herumsteht beim Backen, da muss nicht ich auch noch herumstehen. Aber Schlitten fahren ist schwierig, wenn es draußen 15 Grad plus hat und kein Schnee ist, darum hat sie gesagt: „In Gottes Namen, dann hilf mir halt!"

Zuerst hat sie einen Haufen Mehl in eine große Schüssel getan, das hat mords gestaubt. Dann hat sie mir die Schüssel gegeben und befohlen: „So, jetzt nimmst du aus dem Kühlschrank sechs Eier, die tust du zum Mehl dazu und dann tust du alles gut verrühren, bis es ein schöner Teig ohne Mehlbatzerln ist! Ich hole derweil schnell vom Supermarkt ein Zitronat und ein Orangeat, danach machen wir weiter!" Dann ist sie fort.

Ich habe sechs Eier aus dem Kühlschrank geholt, eigentlich acht, weil zwei sind mir hinuntergefallen, und habe sie in das Mehl getan und dann umgerührt wie ein Wilder. Aber so richtig schön ist der Teig ums Verrecken nicht geworden. Ich habe ihn dann stehenlassen und gedacht, vielleicht kann Mama besser rühren, und mir derweil am Fernseh Spongebob angeschaut.

Wie Mama zurückkam, hat sie mich gefragt, ob ich etwa schon fertig bin mit der Rührerei und alle Mehlbatzerln weg sind. Ich habe gesagt, die Mehlbatzerln sind weg, aber direkt schön ist der Teig trotzdem nicht.

Dann hat sie meinen Teig angeschaut und gesagt, es wäre gescheiter gewesen, wenn ich die sechs Eier vorher aufgeschlagen hätte und nur das Innere in den Teig getan hätte, weil die kleinen Eierschalenbröckerln bringt man nicht mehr heraus. Ich musste den Teig in die Biotonne hineinschmeißen und das war mords schwierig, weil er so bickte.

Dann ging es wieder von vorne los – bloß gut, dass wir viel Mehl im Haus hatten. Aber schlecht, dass wir nur zehn Eier im Haus hatten, weil acht waren ja schon weg, zwei auf dem Fußboden vor dem Kühlschrank und sechs in der Biotonne. Darum musste Mama nochmal in den Supermarkt und ich fragte, ob ich derweil etwas tun kann und sie sagte „bloß nicht, schau lieber Fernseh!" Das habe ich getan und weil mich hungerte, habe ich eine Kiwi gegessen, die war mords glitschig. Als Mama mit den Eiern zurück war, hat sie wieder Mehl in die Schüssel getan und dann sechs Eier, aber ohne Schale. „So, jetzt kannst umrühren!", sagte sie und gab mir die Schüssel. Aber es war wie verhext: Weil meine Hände so glitschig von der Kiwi waren, ist mir die Schüssel ausgerutscht und hinuntergefallen, leider mit dem Boden nach oben, obwohl es anders besser gewesen wäre.

Mama sagte, soviel Dummheit auf einen Haufen ist unglaublich, aber eigentlich war es Mehl und sechs Eier auf einen Haufen und keine Dummheit. Schuld war sie selber, weil sie immer so glitschige Kiwi kauft, da wären Äpfel besser!

„Jetzt muss ich wieder in den Supermarkt"!, sagte sie, „weil vier Eier sind bloß übrig und die reichen nicht! Und das Mehl wird langsam knapp, da nehme ich lieber auch gleich eines mit! Und das sage ich dir - nächstes Jahr soll sich der Papa seine Plätzln selber backen!"

Ich schaute lieber gleich freiwillig Fernseh, weil sie war ziemlich grantig und ich wollte sie nicht fragen, ob ich etwas tun kann.

Als ich Fernseh schaute, kam Papa herein und fragte, ob schon ein Teig fertig ist, weil er gerne schlecken möchte und ich sagte ihm, dass in der Biotonne einer wäre, den könnte er ganz essen, aber diesen wollte er nicht. „Dann musst du warten", sagte ich, „weil Mama muss erst ein Mehl und Eier holen, die sind ausgegangen!"

„Wieso sind die ausgegangen?", fragte er mich und ich antwortete „wegen der Kiwi, die sind zu glitschig!"

Das verstand er nicht, weil er kennt sich mit Früchten nicht aus, und er ging wieder in seine Werkstatt.

Bald darauf kam Mama mit zehn Eiern und zwei Pfund Mehl zurück. Ich sagte, dass Papa hier war zum Schlecken und sie sagte „da bleibt ihm der Schnabel sauber! Der kriegt die Engel und Bengel erst, wenn sie fertig sind – falls sie irgendwann fertig werden!"

Mama tat dann wieder ein Mehl und sechs Eier in die Schüssel und rührte selber um, weil sie mir nicht mehr traute, obwohl ich mir die Hände abgewaschen hatte und sie nicht mehr glitschig waren. Dann schaute sie wieder auf das Rezept und da stand „100 Gramm Zucker".

„So, jetzt kannst du mir helfen", sagte sie, „bring mir mal die Zuckerbüchse, die ist im Küchenkastl im linken Fach auf der rechten Seite! Aber pass auf, dass du nicht noch hinfällst und den Zucker ausschüttest! Zutrauen täte ich es dir!"
Ich fiel nicht hin und brachte ihr die Büchse und mit der Küchenwaage wog sie 150 Gramm ab, weil an Weihnachten darf es ruhig etwas süßer sein. „Einmal im Jahr geht das schon", sagte sie.
Dann rührte sie den Zucker hinein und dann kam noch Milch dazu und Zitronat und Orangeat und der Teig schaute schon echt gut aus, direkt lecker.
Mit dem Nudelholz hat sie dann den Teig ganz dünn gemacht und gesagt, ich darf jetzt Engeln und Bengeln daraus formen und ich freute mich sehr. Aber es war gar nicht so einfach, denn mein erstes Engerl sah aus wie ein Alien und das erste Bengerl eigentlich genauso, bloß ohne Flügel. Wir machten dann die Engel und Bengel miteinander und Mama konnte es besser und half mir. Als der Teig zu Ende war, hatten wir 30 Engel und 30 Bengel geschafft.
Gerade als wir sie in den Ofen tun wollten, kam Papa herein und sah sie und freute sich. Und er schnappte sich gleich die Schüssel, um das bisserl Teig, das noch drin war, auszuschlecken.
„Kannst es wieder nicht erwarten!", sagte Mama und lachte. „Nein", sagte er, „das Beste am Plätzlbacken ist doch das Schüsselausschlecken, das war schon in der Kindheit so!" Ich wollte eigentlich auch schlecken, aber er sagte: "Erst ich, dann du, weil ich habe heute schon etwas geleistet und du nicht!"
Dann räumte er mit dem Finger einen Batzen Teig zusammen und schleckte den Finger ab. Meine Mutter fragte „und?", und er spie den Teig aus und sagte: „Ja kruzenäsen, wo hast denn das Rezept her? Das kann kein Mensch essen! Pfui Deifl!"
Mama schimpfte ihn, er soll nicht immer so blöde Witze machen und Papa sagte, das war kein Witz, sondern das war fürchterlich, weil der Teig total versalzen ist.
Mama hat dann auch probiert, aber nur ein bisserl. Das reichte aber schon, dass sie direkt käsig wurde und den Teig auch ausspie. Dann schaute sie mich an und fragte mich, wo ich den Zucker hergenommen habe und ich antwortete, vom Küchenkastl im rechten Fach auf der linken Seite.

„Im linken Fach auf der rechten Seite habe ich gesagt, du Narr!", schrie sie, „dir kann man wirklich nichts anschaffen! Im rechten Fach auf der linken Seite steht die Salzbüchse!"
Ich wusste nicht mehr, was ich sagen sollte, denn es war mir wirklich zwider. Doch eigentlich war sie selber schuld, denn sie hätte ja nur probieren brauchen, ob es wirklich der Zucker ist, weil man weiß nie. Aber weil sie so traurig ausschaute, wollte ich sie beruhigen und sagte: „Mama, ich verspreche dir, jetzt mache ich keinen Fehler mehr, weil ich nicht mehr vom Fernseh weggehe und dich allein Engeln und Bengeln machen lasse! Du musst halt noch einmal in den Supermarkt fahren und Eier kaufen!"
Sie sagte: „Ich fahre noch einmal in den Supermarkt, aber Eier kaufe ich nicht, sondern Plätzln!"

Der Geschenkkorb

Er: Host jetza alle Weihnachtsgschenka beinand?
Sie: So ziemlich.
Er: Host dei Gschenk, des wos i dir schenk, aa scho kafft?
Sie: Jaja, scho lang!
Er: Und? Wos schenk i dir denn heier?
Sie: Des soll doch a Überraschung sei!
Er: Do host aa wieder recht! Des is allaweil recht spannend, wenst du dei Gschenk auspackst und i seg dann, wos i dir gschenkt hob! Und allaweil gfallts dir, des gfreit mi am meisten!
Sie: Gell! Owa es is ja koa Wunder ned, weil i hobs ja ausgsuacht!
Er: Trotzdem: Is alle Jahre schee, wia du di gfreist über mei Gschenk! Da Kare zum Beispiel, der kafft des Gschenk für sei Frau immer selber – de hod selten a Freid!
Sie: Wos kafft er ihr denn?
Er: An Gutschein! Owa ned jeds Johr den gleichen natürlich! Amal Aldi, dann Lidl, dann Netto, zwischendurch Edeka, also a Abwechslung hod er scho drin. Heier hod er KIK geplant, mehr textilmäßig!
Sie: Owa des is trotzdem a Schmarrn! Null romantisch!
Er: Do san meine Geschenke scho romantischer, gell! Du suachst dir allaweil wos Romantisches aus!
Sie: Des konnst laut sagen! Is scho schee, wennma so an romantischen Mo hod! Du, für d'Oma hob i no nix!
Er: Hostas ned gfragt, wos sie will?
Sie: Ja freilich howes gfragt! Owa de sagt ja immer des selbe: „I hob alles, i brauch nix, sparts eier Geld! Gebtses de Kinder, de könnens braucha!" Alle Johr de gleiche Leier!
Er: Des is furchtbar mir dera! I brauch nix, i brauch nix, i brauch nix – i konns nimmer hörn! Owa guat, wenns nix braucht, dann kriagts aa nix! Do bin i radikal!
Sie: Des konnst doch ned macha! Des is doch dei Mama! Irgendwos miassma ihr schenka!
Er: Owa wos? Sie hod ja wirklich alles! Und an Eierlikör brauchma ihr heier sicher koan schenka! Do hod ja vom

	80. Geburtstag no 20 Flaschen in da Speis! Do muass sie ja 100 werdn, bis sie denn gsuffa hod! Saffts ja bloß alle 14 Dog a Stamperl! Des is ungsund! Ältere Menschen solln jeden Dog an Liter trinka, sunst verdummens aaf Dauer! A Hirn braucht a Flüssigkeit, bsonders a älters Hirn!
Sie:	Des mog scho sei, owa doch koan Eierlikör! A Liter Eierlikör pro Dog, des is doch a Wahnsinn!
Er:	Besser als nix!
Sie:	Du immer mit deine Weisheiten! Denk liawa nach, wosma ihr schenka könnten!
Er:	Und wennma ihr an scheena Geschenkkorb schenka?
Sie:	Hm …, an Geschenkkorb? De Idee is ned amal so schlecht! Und wos daadma dann do eine?
Er:	Mei, wosma halt aso eineduat in so an Geschenkkorb. Pralinen …
Sie:	Pralinen san nix, sie hod doch Zucker!
Er:	Ehrlich?
Sie:	Ja sag amal, woasst du des ned? Des is doch dei Muada!
Er:	Ja scho, owa i konn ja ned alles wissen!
Sie:	Alles ned, owa des mitm Zucker sollterst fei scho wissen!
Er:	Sooo wichtig is des aa wieder ned! Wenn ihr a Fuaß fehln daad oder wenns gstorm waar, des wissert i bestimmt, owa beides is ned der Fall! Zucker hi, Zucker her, des is ihra Sach, do mischme i ned ei!
Sie:	Also du host fei komische Ansichten! A Fuaß fehln! Unglaublich! Aaf jeden Fall san Pralinen nix fürn Geschenkkorb!
Er:	Dann halt a Wurscht! A Wurscht is da Klassiker!
Sie:	A Wurscht! Des is leicht gsagt. Wos nacha für a Wurscht?
Er:	A scharfe! Dann dürschts recht und dann trinkt sich der Liter leichter!
Sie:	A scharfe Wurscht is nix! Des waar ganz schlecht für ihra Magenschleimhautentzündung!
Er:	Hods so oane aa?
Sie:	Ja freilich, a chronische!
Er:	A chronische? Des schaut ihr gleich, aso is mei Muada: Wenn, dann richtig! Dann glei chronisch! Do is sie konsequent!

Sie:	Jamei, do konns ja nix dafür.
Er:	Scho klar, i sog ja bloß! Ja, wenn des aso is, dann nehma halt a Wurscht, de eher mild is, an Leberkaas oder a Speckwurscht! De is richtig mild – de is so fett, de rutscht vo selber owe in den Darm!
Sie:	Fett derfs ned sei, sie hod doch Gicht!
Er:	Ja kruzenäsn, Gicht aa no! Des hods davo – hätts mehr Alkohol trunka, der löst des Fett aaf! Owa naa, sie allaweil mit ihrer kloan Apfelschorle! D'Gicht is dann de Quittung für aso a jahrzehntelanges unvernünftiges Verhalten!
Sie:	Des glaubst aa bloß du!
Er:	Des san Tatsachen! Ja guat, dann nehma halt a Putenwurscht! De is ned scharf und ned fett!
Sie:	Pute mogs vo Haus aus ned!
Er:	Des is des Problem mit de alten Weiber: Des, wos sie vertragn, des mings ned! Schlimmer wia de kloan Kinder! Dann halt koa Wurscht! Dann an Kuchen!
Sie:	Geht doch ned – Zucker!
Er:	Zwiebelkuchen?
Sie:	Zwiebel geht aa ned wega de Blähungen!
Er:	Dann scheidet Blumenkohl und Brokkoli und Rosenkohl vo Haus aus aus! Und Kraut aa!
Sie:	Um Gottes Willen! Zreissn daadses!
Er:	Und Nuss? Nuss san a Intelligenznahrung, des hob i am Fernseh gseng! De san fürs Hirn unheimlich guat! Und es schad ned, wenn a älterer Mensch sei Hirn aaf Trab halt! Wenns scho so wenig trinkt, dann solls wenigstens Nuss essen!
Sie:	Des mag scho sei, owa Nuss kanns ned beissn! Kennst doch ihre Probleme mit de Zähn!
Er:	Jessas naa, des is wirklich unglaublich! Hätts ned aso gspart bei de Zähn, dann hätts gscheide! Owa naa, sie braucht ja koa Gebiss – moants! De siem oder acht Hauer, wos no im Maul hod, de langan scho – moants! Und des hods jetza davo, jetza konns ned gscheid beissn! Selber schuld!
Sie:	Jetza schimpf ned allaweil über dei Mama!

Er:	Weils wahr is! Sie is zu geizig, dass ihr gscheide Zähn kafft und mir hamm dann de massiven Schwierigkeiten mit ihrem Weihnachtsgschenk! Ned amal a Nuss! De waar ned fett, de hätt koan Zucker, de waar ned scharf, de waar ideal! Owa naa, de konn d Madam ned beißn! Am gscheidern waars, mir kaffma ihr wieder an Eierlikör! Dann hods halt 21 Flaschen in Reserve und ned 20, des is dann aa scho wurscht!
Sie:	Ach geh, es muass doch no was anders gem! Denk nach!
Er:	Denk nach, denk nach! I denk ja scho de ganze Zeit nach! Owa es passt ja nix, weils zu jeder Geschenkidee de passende Krankheit hod! Nacha schenkma ihr halt aso an Vitaminstoß – an Korb voll mit Ananas, Mango und so Zeig!
Sie:	Ananas hamm z'viel Säure und Mango hamm z'viel Zucker! Des is ned guat für sie, sie neigt doch zum Sodbrennen!
Er:	Ja Mensch Meier! Jetza brennts da Sod aa no! Des wennst aso hörst, dann moanst, de is a dodals Wrack! Owa ausschaun duats wia des blühende Leben! Außen hui, innen pfui!
Sie:	Also, so krass kannst des aa wieder ned sagen! Owa sie hod halt ihre Wehewehchen, do kannma nix macha! Fallt denn dir gar nix ei, wosma ihr schenka kanntn? Sie is doch dei Muada und ned meine!
Er:	Ja, und wennma ihr an Gutschein schenka?
Sie:	An Gutschein? Hm …, des waar scho fast des Beste. Eher für Lebensmittel oder eher für Bekleidung?
Er:	Eher für d'Apotheke!

Winter früher und heute

Früher:

Mutter: Ja, wia schaust denn du aus?
Sohn: I bin ausgrutscht, dann hodsme highaut, dann is mei Hosn zrissn!
Mutter: Hättst aufpasst, Blädl!

Das Gespräch ist beendet, Sohn geht wieder hinaus zum Schlittenfahren, nun mit zerrissener Hose.

Heute:

Mutter: Ja, wia schaust denn du aus?
Sohn: I bin ausgrutscht, dann hodsme highaut, dann is mei Hosn zrissn!
Mutter: Ja, um Gottes Willen! Bist verletzt, duat dir wos weh?
Sohn: Mei Hosn is verletzt, i ned!
Mutter: Wia is denn des passiert? Hod di wer gschubst?
Sohn: Naa, i hobs alloans gschafft!
Mutter: Derfst ruhig sagen, wenn di wer gschubst hod! Des is wichtig, ob di wer gschubst hod!
Sohn: Naa, echt ned! Da Alexander war dabei, owa der hod bloß zuagschaut!
Mutter: Und gschubst hod er di ned?
Sohn: Naa, ned!
Mutter: Owa gholfa hod er dir aa ned, oder?
Sohn: Wia gholfa?
Mutter: Hod er gseng, wia du ausrutschst?
Sohn: Ja scho.
Mutter: Und wos hod er dann gmacht?
Sohn: Glacht hoda!
Mutter: Glacht? Des is doch eine Unverschämtheit!
Sohn: Eigentlich ned, weil es hod bestimmt lustig ausgschaut, wias mi hinzundn hod! I hätt wahrscheinlich aa glacht, wennes gseng hätt!
Mutter: Hod da Alexander a Haftpflichtversicherung?

Sohn:	Woass doch i ned! Is mir aa wurscht!
Mutter:	Des is ned wurscht! Weil wenn er a Haftpflichtversicherung hod, dann muass de eventuell für di a neia Hosn zahln!
Sohn:	Echt? Warum?
Mutter:	Weil er den Sturz ned verhindert hod und drum is er schuld!
Sohn:	Der is doch ned schuld! I bin schuld!
Mutter:	Bist jetza staad! Er is schuld und aus! Des is unterlassene Hilfeleistung! Und außerdem duat dir wos weh!
Sohn:	Wos weh? Wos duat mir denn weh? Mir duat nix weh!
Mutter:	Des konnst du gar ned beurteilen! Dir duat wos weh und aus!
Sohn:	Mir duat nix weh!
Mutter:	Und ob dir wos weh duat!
Sohn:	Wos nacha?
Mutter:	Des rechte Knia duat dir weh! Merk dir des! *Schlägt ihm mit der rechten Hand kräftig an das rechte Knie.*
Sohn	Aua! Des duat fei weh!
Mutter:	Also, geht doch! Jetza geh in dei Zimmer und ziag di um, und dann fahrma in d'Stadt zum Hosnkaffa! Hättst eh a neie braucht!

Sohn geht schmerzverzerrt in sein Zimmer, das Gespräch ist beendet. Die Mutter ruft die Mutter von Alexander an und man bespricht die Modalitäten des Versicherungsbetrugs.

Früher:

Mutter:	Und? Wos essma heuer am Heiligen Abend?
Vater:	Würscht, wos denn sunst!
Sohn:	Jaaa! Und a Kraut!
Tochter:	Und Brezn! Mmhhh! I gfreimi scho!
Mutter:	Des wird wieder schee!

Die kulinarische Planung ist abgeschlossen, es gibt Würste am Heiligen Abend, alle freuen sich auf das Festmahl.

Heute:

Mutter:	Und? Wos essma heuer am Heiligen Abend?
Vater:	Würscht, wos denn sunst!
Sohn:	*Angewidert:* Allaweil Würscht! Würscht, Würscht, Würscht!
Tochter:	I will fei abnehma! I möcht liawa wos kalorienarmes! An Salat oder so!
Sohn:	An Salat mog i ned! A Pizza oder a Döner waar ned schlecht!
Vater:	I glaub, mei Schwein pfeift! Salat, Pizza, Döner! Weihnachten is des höchste christliche Fest! Do isstma wos Gscheits und koa so a Glump! Des steht scho in da Bibel!
Mutter:	Dass i ned lach! Wos steht denn übers Essen in da Bibel?
Vater:	„Jesus sprach zu seinen Jüngern – wer keine Gabel hat, frisst mit den Fingern!" *Lacht über seinen blöden Witz.*
Mutter:	Ha ha ha! Sehr lustig!
Vater:	Auf jeden Fall muassma am Heiligen Abend wos Gscheits essen, des war scho immer so!
Tochter:	Und du moanst allen Ernstes, dass a Wurscht wos Gscheits is?
Vater:	Des moan i ned, des san Tatsachen!
Sohn:	*Keck:* Döner macht schöner!
Vater:	Mustert den Sohn von oben bis unten. Des daad dir allerdings ned schaden! Owa nix da, Würscht gibt's und aus!
Mutter:	Und wenn mir amal ganz wos anders macha daadn? A Fondue waar doch ned schlecht! Ha, a Fondue? Wos sagts zu an Fondue?
Vater:	A Fondue! Hör mir bloß aaf mit an Fondue! Da verhungerst ja während dem Essen! Bloß allaweil so kloane Fleischbröckerl, und dann muasst ewig warten, bis de durch san!
Sohn:	Des stimmt, Mama! Des dauert echt voll lang!
Tochter:	Und fettig is aa. Und i will doch abnehma!
Vater:	Des Essen am Heiligen Abend muass schnell geh, dass no a Zeit bleibt für die Besinnlichkeit!
Mutter:	Wos für a Besinnlichkeit? Willst Weihnachtslieder singa nach dem Essen?
Vater:	Naa, Fernseh schaun!

Mutter:	Also i waar trotzdem für a Fondue! Wer no? *Keiner meldet sich.*
Tochter:	Und i waar für an Salat! Wer no? *Keiner meldet sich.*
Sohn:	Und i für an Döner! Wer no? *Keiner meldet sich.*
Vater:	Alles klar, koaner hod a Mehrheit, dann gibt's Würscht! I habs ja glei gsagt!

Die kulinarische Planung ist abgeschlossen, es gibt Fondue.

Früher:

Mann:	Schau ausse, wias gschneibt hod heit Nacht! So ein Haufa Schnee!
Frau:	Wahnsinn! Da Schneepflug war no gar ned da! Toll schaut des aus!
Mann:	I geh schnell ume zum Nachbarn, dann raama mir de paar Meter mit da Schaufel.
Frau:	Genau! Des is guat fürn Kreislauf! I mach dir derweil a scheens Frühstück!
Mann:	Des duast!

Mann und Nachbar räumen binnen 30 Minuten notdürftig das kleine Wegstück bis zur Hauptstraße, tauschen dabei die neuesten Neuigkeiten aus, dann genießt der Mann sein Frühstück und fährt gutgelaunt mit dem Auto durch die herrliche Winterlandschaft in die Arbeit.

Heute:

Mann:	Schau ausse, wias gschneibt hod heit Nacht! So ein Haufa Schnee!
Frau:	Wahnsinn! Da Schneepflug war no gar ned da!
Mann:	Immer, wennstas brauchst, dann sans ned da, de Herren vom Bauhof!
Frau:	Owa ehrlich! De könnten aa amal früher aufsteh, wenn des Wetter so extrem is! Ausschlaffa könnens ja dann, wenns ned schneibt!
Mann:	Des Blöde is, dass i um halbe achte in d'Arbeit muass und jetza is scho viertel nach sechse!

Frau:	Ja eben! Jetza wird's wirklich Zeit, dass der blöde Schneepflug kimmt! Weil durch de 30 Zentimeter Neischnee kimmst du mitm Auto nie durch!
Mann:	Niemals! Unten aaf da Hauptstraß is wahrscheinlich scho graamt! Owa uns kloane Bürger in de Seitenstraßen vergessens immer!
Frau:	Genau, des is eine Riesensauerei! Mir zahln aa unsere Steiern! Und trotzdem samma immer de Deppen! Summer wia Winter! Bsonders im Winter!
Mann:	*Schaut angestrengt aus dem Fenster:* Nix zum seng! Wer woass, wo de san!
Frau:	Wahrscheinlich raamas wieder do, wo koan Mensch fahrt! Und do, wo dringend graamt werdn muass, do raamas ned! Lauter Deppen!
Mann:	*Nervös:* Mensch, wos dua i denn jetza? Wenn de bis halbe achte ned raama, dann kimm i zu spät in d'Arbeit!
Frau:	Jetza frühstückma amal zerst, dann werns scho kemma!

Die Frau bereitet ein ausgiebiges Frühstück vor, der Mann liest die Zeitung, die er gottlob direkt vor der Haustüre holen konnte. So konnte ihm der (gefühlt) meterhohe Schnee nichts anhaben. Zwischendurch schaut er immer wieder durch das Fenster, schüttelt enttäuscht den Kopf und murmelt ein jammervolles „ja, wo san denn de bloß, i muass um halbe achte in d'Arbeit!". Es ist bereits halb sieben, als man das gemeinsame Frühstück beginnt. Der Eierkocher brummt, der Schneepflug leider nicht.

Mann:	*Während er von der Honigsemmel abbeißt:* Jetza is scho nach halbe sieme! Des gibt's doch ned! Wo san denn de? I ruaf amal beim Nachbarn an, ob der wos woass!
Frau:	Genau, ruaf amal an, vielleicht woass der wos!
Mann:	*Ins Handy:* Ja Sepp, guat Morgen! Woasst du, wos mit dem Schneepflug los is? Aa ned, ha? Des is eine Sauerei! 30 Zentimeter Neischnee und nicht graamt! Ja eben! Muasst aa um halbe achte in d'Arbeit? I aa! Des wird knapp, wenn de ned glei kemman! I? I dua jetza frühstücken mit da Erna, hilft ja nix! Ja, es is ein Wahnsinn! Da zahlst des ganze Jahr brav deine Steiern, dann lasst di da Staat dermaßen im Stich, wenns schneibt! Genau! Für d'Asylanten raamas,

	owa für uns ned! Naja, dann hoffma des Beste! Servus Sepp! *Legt auf.* Da Sepp sagts aa: Eine Sauerei! De Herren vom Bauhof machen sich an scheena Lenz und unseroaner kimmt ned in d'Arbeit bei de extremen Wetterverhältnisse!
Frau:	Beschwern solltma sich, beim Bürgermeister!
Mann:	Des hod koan Sinn, de stecken doch alle unter oaner Deck! Bei dem hamms bestimmt scho graamt! Wahrscheinlich scho um fünfe!
Frau:	Do host aa wieder recht! De Großkopferten wird graamt!
Mann:	Ja, und jetza? Jetza is viertel vor sieme, de Zeit wird allaweil knapper!
Frau:	Dusch di derweil, i schau zwischendurch ausse, ob er kimmt! Wenn er kimmt, dann kimm i ins Bad aufe und sogs dir, dass er kemma is!
Mann:	Genau! Owa vergiss mi ned! Wenn er kimmt, dann sagstmas!
Frau:	I vergiss di scho ned! Jetza dusch!

Der Mann duscht und erledigt den allmorgendlichen Toilettengang, die Frau sieht immer wieder angespannt nach draußen, doch die Katastrophe will nicht enden: Kein schneepflugähnliches Fahrzeug in Sicht! Die Uhr zeigt bereits viertel nach sieben, als der Mann frisch geduscht, rasiert und entleert aus dem Bad zurückkommt.

Mann:	Und?
Frau:	Nix! I schau scho dauernd, owa nix!
Mann:	Ja fix, des gibt's doch ned! Jetza wartma no zehn Minuten, dann ruafst o beim Chef, dass i heit später kimm! Sagst, mir samma komplett eingschneibt und i kimm mit dem Auto nicht auf d'Hauptstraß, unmöglich!
Frau:	Vielleicht kimmt er no vorher, *sieht erneut aus dem Fenster* momentan no ned!
Mann:	Wirst seng, der kimmt nimmer!
Frau:	I glaubs aa scho fast! Wos damma dann?
Mann:	Du, woasst wos? I hob eh aso a Kratzn im Hals! *Räuspert sich.* Obs ned glei gscheida waar, i bleib glei dahoam!
Frau:	Soll i den Doktor oruafa?

Mann:	Naa, momentan geht's no! Owa i leg mi liawa hi! Ned, dass des a verschleppte Grippe wird!
Frau:	Genau! De san brandgefährlich! Leg di liawa hi! I ruaf in da Arbeit o, dass du an Virus host!

Der Mann geht kerngesund ins Bett, um 7.29 Uhr kommt der Schneepflug.

Früher:

Nachrichtensprecher der ARD:
In der kommenden Nacht überquert uns eine Kaltfront mit zeitweiligem Schneefall! Die weiteren Aussichten: Nasskalt mit einzelnen Schneeschauern.

Fazit: Es ist Winter, die Welt wird weiß.

Heute:

Nachrichtensprecher eines privaten Fernsehsenders:
Gerade bekomme ich noch zwei Eilmeldungen, verehrte Zuschauer: Der Hund von Paris Hilton ist schwanger! Und das russische Supermodel Olga Allesoffa hat Durchfall! ... äh, Moment, ich sehe gerade – es ist umgekehrt!
Nun zum Wetterbericht, und der hält heute absolute Horroraussichten für uns bereit! Das Schneetief „Gundolf" ist im Anmarsch, es kommt direkt aus Grönland zu uns! Im Nordwesten Deutschlands schneit es bereits, vermutlich teilweise kräftig! Wir schalten kurz live zu unserem Ruhrpott-Korrespondenten Klaas Bimp-Erlwichtig, der an der A 2 bei Recklinghausen steht! Klaas, wie chaotisch ist die Lage in Recklinghausen?

Man sieht einen Reporter mit Handschuhen, sibirischem Wintermantel, Wollmütze, Schal und fellgefüttertem Mikro an einem Parkplatz stehen. Bei genauerem Hinsehen sind einzelne Schneeflocken zu erkennen, die an ihm vorbeischweben.

Klaas:	Wie die Lage in Recklinghausen ist, kann ich nicht definitiv sagen, weil ich stehe hier in der Nähe von Dortmund!

Moderator: Ahhh ja! Und? Ist Gundolf schon angekommen?
Klaas: Wer?
Moderator: *Souverän lächelnd:* Der Klaas! Immer für einen Scherz zu haben, auch bei extremster Witterung! Klaas, das Schneetief Gundolf meinte ich! Gibt es bereits erste Unfälle? Ist die Autobahn noch einigermaßen befahrbar?
Klaas: Die Fahrbahn ist ziemlich nass!
Moderator: Und damit wahrscheinlich spiegelglatt!
Klaas: Nö, eigentlich nicht! Es schneit zwar leicht, aber es hat plus vier Grad!
Moderator: Da hören Sie es, liebe Zuschauer! Das ist besonders tückisch! Denn bei vier Grad plus rechnet man nicht mit Glätte! Klaas, was empfehlen Sie den Menschen, die gerade jetzt auf der Autobahn unterwegs sein müssen?
Klaas: Äh, also Abstand halten ist eigentlich das Wichtigste! Und nicht zu schnell fahren!
Moderator: *Erregt:* Genau! Danke für den Tipp, Klaas! Liebe Zuschauer, gerade bei dermaßen tückischen Witterungsverhältnissen ist ein ausreichender Abstand überlebenswichtig! Erinnern wir uns an die Massenkarambolagen mit Toten und sogar Verletzten, die sich bei Glatteis schon ereignet haben! Einer muss bremsen, kommt ins Rutschen, alle anderen hinten drauf – Schreie, Scherben, Blut, Blech! Klaas, sind Massenkarambolagen zu erwarten?
Klaas: Äh, kann man noch nicht genau sagen! Hier auf dem Parkplatz ist jedenfalls gerade jemand ausgerutscht!
Moderator: Ist der Mann schwer verletzt?
Klaas: Es war eine Frau!
Moderator: Du lieber Gott! Eine schwerverletzte Frau! Dieses verdammte Schneetief! Gundolfs erstes Opfer! War sie schwanger?
Klaas: Wer?
Moderator: Die Frau!
Klaas: Welche Frau?
Moderator: Die, die ausgerutscht ist!
Klaas: Ach die! Soweit bekannt, nicht! Und schwer verletzt ist sie auch nicht! Und es war mehr eine Bananenschale als das Schneetief!

Moderator: Die vermutlich wegen der Kaltfront gefroren war! Klaas, vielen Dank für diese erschütternden Eindrücke vom ersten heftigen Wintereinbruch der Saison! Passen Sie auf sich auf, wir brauchen Sie noch!

Man hört noch, wie Klaas "alles klar" sagt, er ist jedoch schon ausgeblendet.

Moderator: Also, liebe Zuschauer, Sie haben es gehört, es besteht akute Rutschgefahr im Raum Dortmund, das Schneetief Gundolf hat den Nordwesten bereits erreicht, es wird im Laufe der Nacht das ganze Bundesgebiet erfassen! Vermeiden Sie Autofahrten im Freien und wenn doch – Schneeketten nicht vergessen! Ich darf Sie in diesem Zusammenhang aufmerksam machen auf unsere Sondersendung um 20.15 Uhr, die wir aus aktuellem Anlass ins Programm genommen haben: "Die 50 heftigsten Wintereinbrüche seit Stalingrad". Die vorgesehene Dokumentation "Die 50 übelriechendsten Haustiere" sehen Sie am kommenden Freitag um 20.15 Uhr.

Zu den weiteren Aussichten: Es ist kein Ende des Schneechaos in Sicht, auch Glatteisregen ist möglich! Geben Sie auf sich und Ihre Mitmenschen acht, liebe Zuschauer und geben Sie diese Warnung an Ihre Nachbarn weiter, die nicht deutsch sprechen! Schönen Abend, soweit man das in dieser Situation sagen kann!

Fazit: Es ist Winter, die Welt geht unter.

Früher:

Vorsitzender: So, liebe Pfarrgemeinderatsmitglieder, das waar es dann für heute! Hat noch wer was unter "Wünsche und Anträge"? Ned, oder? *Sieht demonstrativ auf seine Armbanduhr.*

Pfarrer: Nur kurz: Ab Sonntag steht wieder unsere große und wunderschöne Krippe in der Kirche, gleich beim Eingang links! Ich lade Sie ein, kommen Sie mit Kindern, Enkeln, Neffen oder Nichten vorbei, schauen Sie und

	staunen Sie und erklären Sie den Kleinen das Wunder der Heiligen Nacht! Die Krippe ist sehr liebevoll gestaltet, in allen Einzelheiten: Der Stall, der Ochse, der Esel, die Heilgen drei Könige, der Stern, die Hirten, Josef und Maria – und als Höhepunkt: Der Sohn Gottes! Kommen Sie am besten mal unter der Woche, denn am Sonntag ist die Kirche immer übervoll, da kann man nicht in Ruhe stehen und schauen!
Vorsitzender:	Besten Dank, Hochwürden, des is a Sach! Da schauma natürlich alle hi! Aso a Kripperl is allaweil wieder schee! Die Sitzung ist geschlossen!

Da es zu früh zum Heimgehen ist, geht man noch zum Postwirt auf eine Maß Bier und einen Schweinsbraten.

Heute:

Vorsitzender:	So, des wars dann! Gibt's no wos?
Pfarrer:	Nur kurz: Ab Sonntag steht wieder unsere große und wunderschöne Krippe in der Kirche, gleich beim Eingang links. Falls Sie ein Kind oder einen Enkel haben, kommen Sie damit vorbei und diskutieren Sie über das Wunder der Heiligen Nacht! Man kann alles betrachten, alles ist sehr liebevoll aus unbelastetem Holz geschnitzt und mit biologisch abbaubarer Farbe gestrichen: Der Stall, der Ochse, der Esel, die Heiligen drei Könige, der Stern, die Hirten, Josef und Maria – und als Höhepunkt: Der Sohn Gottes! Kommen Sie vorbei, am besten am Sonntag während des Gottesdienstes, da ist es in der Kirche ruhig!
Vorsitzender:	Besten Dank, Hochwürden, des is ...
Ellinger-Stuk:	*Murmelt abfällig:* Das ist ja wieder mal typisch!
Vorsitzender:	*Ahnungslos:* Wos meinens, Frau Ellinger-Stuk?
Ellinger-Stuk:	Fällt Ihnen nichts auf?
Vorsitzender:	*Völlig ahnungslos:* Wos? Also mir fallt nix auf? *Hilfesuchend:* Herr Pfarrer, fallt Eahna wos auf?

Pfarrer: *Mit verklärtem Blick nach seitlich unten:* Nein! Mir fällt beim besten Willen nichts auf. Was meinen Sie, liebe Frau Ellinger-Stuk?

Ellinger-Stuk: *Kopfschüttelnd über so viel Ignoranz:* Ihnen fällt tatsächlich nichts auf, oder?

Vorsitzender: Ums Verrecka ned! Wos denn nacha?

Ellinger-Stuk: *Leicht aggressiv:* Die typische männliche Dominanz in der katholischen Kirche! Die zieht sich durch wie ein roter Faden?

Pfarrer: *Völlig irritiert darüber, wie man angesichts des schönen Kripperls auf ein so unschönes Thema kommen kann:* Wie kommen Sie jetzt darauf, Frau Ellinger-Stuk?

Vorsitzender: Ja genau, wos soll des jetza? Um de Zeit! *Deutet vorwurfsvoll auf die Uhr an der Wand.*

Ellinger-Stuk: *Aggressiv und laut:* DER Stall, DER Ochse, DER Esel, DER Stern, die Hirten – alles Männer, die Heiligen drei Könige – alles Männer, DER Sohn Gottes – ein Mann!

Pfarrer: *Mit belehrend erhobenem Zeigefinger:* Ein Kindlein! Ein unschuldiges Kindlein!

Vorsitzender: Genau! Und außerdem waarn doch die Heiligen drei Königinnen a Schmarrn! Und Hirtinnen aa, und die Ochsin und die Eselin, also sans mir ned bös! Und die Tochter Gottes erst recht! Also sans mir wirklich ned bös, Frau Ellinger-Stuck – und außerdem is d'Maria dabei, DIE Maria! De is zweifelsfrei a Frau! Also haben Sie sich nicht so!

Ellinger-Stuk: *Erregt:* Die brauchen Sie doch nur als Alibi-Frau in dieser ganzen maskulinen Dominanz! Wenn Sie sich nicht schämen würden, würden Sie zwei Männer an die Krippe hocken, die das Jesukindlein adoptiert haben!

Pfarrer: *Schockiert:* Gott bewahre!

Vorsitzender: Also, Frau Ellinger-Stuk, des war jetza ein glatter Schmarrn! Und des geht zu weit! Des Jesukindlein adoptiern, also dass Sie sich ned schämen! Als Pfarrgemeinderatsmitglied, bzw. -mitgliedin!

Ellinger-Stuk: *Etwas besänftigt:* Ja gut, mag sein. Aber ich finde schon, wir sollten hier im Pfarrgemeinderat einmal intensiv

                 über die Rolle der Frau in der katholischen Kirche diskutieren!
Vorsitzender: Sie, do hamm Sie recht, des machma! Owa ned heit! Die Sitzung ist geschlossen!

Da es zu früh zum Heimgehen ist, geht man noch zum Postwirt auf eine Maß Bier und einen Schweinsbraten, Frau Ellinger-Stuk auf eine ungesüßte Rhabarberschorle aus nachweislich biologischem Anbau und glutenfreie Bärlauch-Totellini.